赤い星々は沈まない

月吹文香
TSUBUKI FUMIKA

新潮社

目次

装画　あずみ虫

赤い星々は沈まない

赤い星々は沈まない

午前二時過ぎ、今夜もまた詰所に電子音の〝エリーゼのために〟が鳴った。

「五〇四号室、沼田《ぬまた》タカシさんのお部屋ですね。ミサさん、私が行きます」

カルテをとじて立ち上がろうとする森本里歩《もりもとりほ》の肩を制し、ボード型親機の受話器をとる。

「はい、沼田さんどうされました？」

〈ハ……、ハンっ、い、イイイ……い、ウッ〉

喉が詰まったような途切れ声に、私は里歩に頷きで合図を送った。高齢者にはよくあるのだ。筋肉の衰えから気道がつぶれやすく、喉が詰まる。

「沼田さん、沼田さん。大丈夫ですか？　すぐ行きますね」

ナースコールを切り、里歩と五〇四号室へと急ぐ。個室の引き戸を開け「失礼しますね」と明りをつけると、暗い廊下に慣れた瞳孔に白色灯の光が突き刺さる。一瞬目が眩み、沼田さんはこんなに大柄だっただろうか、と思う。薄い掛布団が異様な形に盛り上がっている。一体どんな格好で横になっているのか、と思った瞬間、巨大なイモ虫のようにぐるりとシーツがうねった。

まさか――。私は大きく溜息を吐いた。

「すみません、お布団はぎますすよ。はいはい、ごめんねー」

勢いよく布団をはいだ風にのり、ハイターと老人特有の柿のような匂いが鼻をつく。

案の定だ。骨盤までずらしたオムツだけは、ガッチリとり付けられていて外せなかったのだろう、それ以外は丸裸で口をパクパクさせている。老斑の広がる肌をさらした、あられもない姿の沼田さんが焦点の合わぬ目を瞬《しばた》かせた。

その横でうっとりと目をあけたのは、ここのマドンナ。新堂《しんどう》キヌ子だ。

一糸まとわぬ姿でナースコールを握りしめたキヌ子が「ごめん。興奮して押してしもたわ」と、首をしならせた。深い皺にくぼんだ瞳は、舌で湿らせた黒飴のように濡れている。

恥じらうでも悪びれるでもなく、キヌ子がゆっくりとベッドから起き上がると、「キヌ、コ……」と沼田さんはまるで死に際みたいな声を上げた。伸ばす手まで震えている。

「キヌ子さん、あれほどダメよって注意したやないの。はよ、自分のところに戻りなさい。沼田さんもさっさと寝る。明日起きられへんよ。ほら、朝ドラ。『ゲンさんが家出してしまった』って、楽しみにしてたじゃないの。観れんかったらタイヘンや」

そうやった、と思い出したように寝間着を羽織り、里歩にボタンをとめてもらうと、沼田さんはさっさと布団をかぶった。

エセ現役男はどこにでもいる。若いケアマネージャーに〈俺の子供を産んでくれ。最後のチャンスなんだ〉と覆いかぶさってみたり、急病のふりしてナースの胸に顔を埋めてきたり、ここは衣食住付きの風俗ではないと憤慨することもあるけれど、結局、そういう行動は単なる悪あがきと見栄にすぎない。退行と退化、心と身体のアンバランスに揺れている。それを知っているからこそ、私たちもある程度は流せるし寛容にもなれる。

厄介なのは、女のほうだ。衝動が疼《うず》けば、いつまでも快楽を得られる。

〝用済み〟とばかりに部屋を出て行くキヌ子を追った。非常口の緑のライトに導かれるように、ゆらりゆらりと歩いている。脱ぎ捨ててあった透けた藍色のネグリジェを差し出すと、彼女は振りむき「あぁ。ありがとう」とゆっくり袖を通した。その様を懐中電灯で照らす。蒼《あお》いスクリーンに、華奢な身体が影絵のように浮かんでいる。「キヌ子さん、こんど男の人のところに潜りこんだら分かってるわね。もうアカンで」私が言うと、彼女は「なんでよー。なんでアカンのん」と駄々っ子のように両腕をぶらつかせた。私はキヌ子をまっすぐ立たせ、レースからのぞく露わな下半身にリハビリパンツを穿かせた。

「朝しんどくなるし、あしたは息子さん家族が来る日でしょう。それにね、他の入居者さんが起きてしまう。皆がキヌ子さんの真似してもアカンでしょう」

「なんでー？　アカンことないわ。ええやないの」

生活には支障のない自立度Ⅱb。思考は安定している。薬の管理ができない程度で、口腔機能も摂食動作も問題ない。だからこそ注意でなんとかなるならば、と思う。

キヌ子がこの老人介護施設に転所してきてから三度目の〝用途違いのナースコール〟だった。その度に注意した。けれど、お菓子をねだる少女のような無邪気さで、きょとんと瞳を丸くするのだ。クマのぬいぐるみを離さない細谷《ほそや》さんや、遠くまでとぶ紙飛行機を折ることに夢中な小内《おない》さんと気持ちの種類は同じなのだと、新人ナースには説明する。

彼女の熱の在処《ありか》がそこだというだけのことなのだと——。

キヌ子はニコッと微笑むと、ネグリジェの裾を翻してくるりと回った。懐中電灯をスポットライトに見立てるかのように。

「キヌ子さんは懐中電灯が好きやね。踊り子さんのまね？」足元でライトを明滅させる。

「ちがう。深いとこ潜る潜水艦のライトみたいやん」

潜水艦？　ああ。だから浴槽に、と思う。キヌ子がこの施設に転所したてのころだった。真っ暗な中、浴槽に沈めた懐中電灯を眺めていたことがあった。入居者とのこの手の問答は日常茶飯事すぎて、理由を事細かに尋ねていたら半日が終わってしまう。

い〜こう、ばんりのう〜みのなか〜。キヌ子の歌声と、素足の音がペタペタと、深夜の廊下に響いている。おお〜、われらの〜せん〜すいか〜ん。

「そんな歌知らんわー。キヌ子さんの自作ですか？」おかしくて私が笑うと、彼女は目を丸くして、「はあ、知らんの？　あんた若いのに遅れてるなあ。おお〜われらの〜、言うて」冗談ぽく笑うキヌ子の声に反応するように、六人部屋から「ガガッ。だんなっ」と誰かの寝言が放たれた。「どんな夢見てんのやろ。アホやな」キヌ子の声が廊下に響く。

「しっ！」私は口に指を当て、「コラ。他の人が起きてしまうじゃないの」と、小声で叱る。キヌ子はグレーの短い髪を手櫛で整え、ふん、と短く鼻を鳴らした。

沼田さんの手伝いを終え追ってきた里歩が、廊下の窓を少し開けた。

「うわ、なんか生臭い。外からの臭いですよ。中庭からですよね」

「臭い？　別にしないけど。ジャスミンとかユリみたいな香りならする。里歩ちゃん、鼻腔こわれてるんちゃう？」

「は。ミサさんの鼻のほうがおかしいですよ。まあ、毎日うんちだのおしっこだのにまみれてたら、そりゃ鼻腔もフリーズしますけどね」

私は網戸からゆるゆると流れ込む空気を鼻から思いきり吸い込んだ。夜に濾過された空気はとても濃く、やっぱり風が運んだ木々と花の香りしかしなかった。太陽と月を見紛えた蟬が「ジッ」と鳴いた。エアコンで冷えた身体に夏の夜風がしっとりとまとわりついてきて、薄ピンクの看護服の上から二の腕をさすった。

「キヌ子さん、おトイレに行っておきましょうか」懐中電灯を振りながら、里歩が問う。

「いい。体の水分はさっきみーんな出てもうたし」キヌ子が流し目をさしむける。

果てたのだろうか――、と思う。下種な好奇心が湧いた。この八十に近い女は、猥りがわしい欲望を遂げたのだろうか。沼田タカシの手でまさぐられ、揉まれて、発火した熱をナースコールにまで飛び火させて――。

キヌ子の横顔に視線をおく。「トイレ、行っときましょうね」ふくらみかけた妄想に針を刺し、私は彼女に手を差し出した。

翌日の午前中、キヌ子の息子夫婦と孫娘が面会に来た。

四人部屋の入居者それぞれに面会があり、にぎやかな休日の空気に満ちている。私は処置カートを入口で止め、おはようございます、と部屋全体に声をかけた。里歩は手前側のベッドわきで採血管にネームシールを貼り付けて談笑している。窓際のキヌ子のベッドで「わあ、橋になった」と少女の弾む声がした。五歳ぐらいの少女が紐に指をくぐらせている。キヌ子は少女の指から丁寧にあやとり紐を取ると「つぎはカメや、カメさんや」と笑った。

どこから見てもグレーヘアが上品な老女だ。昨晩の彼女の面影はない。孫娘とのほのぼのとしたやりとりを見ていると、男性利用者に淫靡な視線を撒きちらすキヌ子は幻想なのではないか、と思えてくる。

「キヌ子さん、体温測りましょうね。今日はミクちゃんも来てくれたんや。可愛らしいお客さんや。嬉しいねえ」私が言うと、キヌ子はうふふと笑い「はよして。今日はお嫁さんがお弁当作ってきてくれたし、寝間着も新品なんよ」と、襟をちょいと摘《つま》んでみせた。

開け放たれた窓の向こうには中庭の緑が広がっていて、いくつもの紙飛行機が飛んでいる。行方を追って空を仰ぐ老人たちは、少年よりも少年らしい、無垢な表情を浮かべていた。ゆらゆらと芝生に落ちる紙飛行機を拾い上げては、特別ななにかを託すように、再び空へと放っている。いい香り。あの花の匂いだろうか。昨夜と同じ匂いがした。

視線を戻すと、キヌ子が女友達でも見るような目で私を見つめている。言いようのない居心地の悪さを覚えて、「今日は天気がいいから、たくさん飛んでるわー」と、彼女から僅かに目を逸らし言うと、「はよ、体温」と、キヌ子が急かす。

真新しい寝間着のすきまに体温計を差し入れた。柔らかなゴムに吸われるように先端が沈む。「いやん。つつかんといてぇ」と上目遣いで身を捩《よじ》るキヌ子は、やはり、キヌ子だった。思わず気が抜けて「あら、失礼しました」声のトーンが下がってしまう。

「ところで新堂さん、このあと少しお話よろしいですか。ご主人だけで構いませんので」

キヌ子の息子に声をかけた。

看護師長とも相談をし、もし一、二回だけなら見逃そうという話になっていた。けれど昨夜は三度目の夜這い。家族に入居者の様子を伝える決まりとなっている。キヌ子の行為を家族に話すのは初めてだった。

面談室に入るなり「どうですか、母の容態は」と、息子が心配顔でソファに腰かけた。

「健康状態は今のところ大きな問題はありません。ただ……」

言葉につまったことで、何かを察したのだろう、「生活面のことでしょうか」と彼はメガネのわきから指を差し入れ、瞼を掻いた。レンズの表面がうっすらと指紋で汚れている。

「はい。大変申し上げにくいのですが、昨夜、男性のベッドに裸でもぐりこみまして……。今回のようなことが何度かあったものですから、前のところでは、その……どうだったのかと」

私の言葉に、息子は大きな溜息をついて暫く黙っていた。剃り残した髭を捜すように顎をなで、そして、意を決したように口を開いた。

「母のことを、水商売上がりの女かなにかだと思っていますよね」

息子は知っていたのだ。私はなにも答えず、彼の次の言葉を待った。

転所してくる前の施設からの診情（診療情報提供書）にはトラブルめいたことはなにも書かれていなかった。それはそうだろうと思う。三ヶ月サイクルでの転所が常なのに、次の受け入れ先に拒否されては困るのはどの施設も同じだ。

「あの、看護師さん。薬、処方してもらえませんか。その……、なにか性欲を抑えるような類のものを……。正直、もう聞きたくないんですよ。父親ならば同じ男としてまだ理解はできるのですが……母親の醜態はさすがに辛いですよ。まったく、八十近くにもなって」

メガネのブリッジを指で押し、彼は訴えるように私を見据えた。

性欲を抑える薬を母親に――。突拍子もない申し出に、思わず眉根が寄る。

「普通の主婦ですよ。地味な、どこにでもいる普通の。仕事というほどでもないですが、公民館で月一回、料理教室をひらいていました。近所の若い主婦には人気だったんですよ。作った料理を別の料理にアレンジするリメイクレシピの時なんかはキャンセル待ちが出た、なんてよく自慢していました。父とも仲が良くて、浮気したされたなんて皆無でしたし。息子の僕が言うのはおかしいでしょうが、良妻賢母だったと、僕は思っています」

頷くしかなかった。彼は首《こうべ》を垂れ、大きな溜息をついた。私の母もキヌ子と年はさほど変わらない。息子の気持ちは察することができる。けれど彼が恥ずかしいのは年のせいじゃない。母親だからだ。〈僕のママは永遠の聖母〉とでも言いたげな少年のような瞳が、メガネ越しに訴えかけてくる。言葉に詰まり見つめ返すと、彼は視線を逸らした。ローテーブルの端を見つめたまま動かない。

一瞬、目の前の男が夫の顔に変わる。——夫の裕也《ゆうや》も同じなのだろう、と思う。母親がセックスをしたからこそ自分がこの世にいるという事実を頭では分かっていても、母親の女の部分は、シャットアウトでもしないとやりきれないのか。

息子の和樹《かずき》が生まれてから、潮が引いてゆくように夫は私に触れなくなった。〝もう女ではない〟と、夫の手書きの付箋を背中に貼りつけられたような気分で仕事をし、家事をこなし、保育園の行事に参加して、満ち足りた顔で友人たちと会っている。もうかれこれ三年半も——。

飛んでも跳ねてもはがれぬその付箋を〝家族愛〟という名の素晴らしく美しいベールの下にひっそりと隠しながら。

院内PHSのバイブレーションが胸の上で震えた。

「お薬の処方は基本的に持病や体調不良があったときのみです。それ以外でお薬を出すというのはお受けできかねます。医師の診断もいりますので」

丁重にやわらかく聞こえるように諭す。

「こんな恥ずかしい思いさせられるなら、家に閉じ込めておけばよかった」

「そんなことありませんよ。けれど、キヌ子さんの程度でしたらご自宅で生活して頂くことは可能です。お薬の管理をきちっとして頂けるならですが。奥様はたしか、学校の先生でいらっしゃいましたね。最近は在宅専門のケアサービスを利用される方々も多いですよ」

彼は静かに頷き、「考えてみます」と、呟いた。

キヌ子の部屋に戻ると、ミクちゃんが藍色のネグリジェを纏《まと》ってはしゃいでいた。

「おばあちゃん、コレちょうだい。プリンセスのドレスみたいですごく可愛い。スケスケのレースがきれい。蒼いドレスはシンデレラだね。いいなあ」

「綺麗でしょう？　コレ着たらな、誰でもプリンセスになれるんよ。王子様なんかよりどりみどりや。ミクちゃんがもう少し大きくなったらあげようね」

孫の頬を両手で挟んでキヌ子がクシャリと笑う。そんな微笑ましい空間をトンカチでかち割ったのは息子だった。「もういい加減にしてくれよ！　こんなもの子供にまで着させて恥ずかしいと思わないのかよ！　ミク、それをパパに渡しなさい。早く」険しい表情でネグリジェに手をのばし、ミクちゃんから取り上げようとしている。イヤ、イヤ！　おばあちゃんのドレス、ミクがもらうんだもん、と力を込めるミクちゃんに、「いい加減にしなさい！　いいから渡すんだ」と、息子が声を張り上げた。

室内がしんと静まりかえる中、耳をつんざくような少女の泣き声が響いた。ネグリジェを抱きしめたミクちゃんが父親を見上げ睨んでいる。

「お義母《かあ》さんはミクがディズニープリンセスが好きだ、っていうから貸して下さったのよ。怒鳴ることないじゃないの。どうしたのよ、いきなり」娘の肩をさすりながら妻が問う。苦虫を嚙み潰したような顔で「もう勝手にしろ！　どいつもこいつも」と吐き捨て、彼は部屋を出て行ってしまった。

夜勤から家に帰ると、テーブルに朝食が並んでいた。

すぐにでも眠りたい衝動を凌ぐ味噌汁と焼鮭の匂いにさそわれ食卓に座る。卵焼きと胡瓜の浅漬けくらいで十分なのに、私が夜勤明けの時は特に、バランスのいい朝食を早起きして作ってくれている。

「はい、山芋とろろ。あとほうれん草の胡麻和えも」

麻のエプロン姿の裕也がキッチンカウンターから腕をのばした。

「ありがとう。いただきまーす。なめこの味噌汁だ。美味しいね、パパの味噌汁。ねー、和樹」ヨーグルトに先に手をつける和樹に「こら、ご飯食べてから」と叱りつつ、味噌汁を啜った。喉の奥から胃までじんわりと温まる。既婚者のナースたちの間でも、ここまでサポートしてくれる旦那はなかなか聞かない。出勤がてら和樹を保育園に送り届けると言ってくれている。優しい夫、可愛い息子。これで十分ではないか。これ以上を望んだりしたらきっとバチが当たる。私は山芋をご飯にかけ、醤油をたらした。

二人が家を出た後、私はソファに横になった。三人掛けのベージュのファブリックに体が沈み込む。手足は伸ばせなくても、ベッドよりもここのほうが日中でも短時間の熟睡ができる。ローテーブルの上に裕也が畳んだ洗濯物がのっている。Tシャツは角がきちんとそろえられ、パンツや靴下は太巻き寿司のようにクルクルと丸められていた。私よりずっと丁寧に。

共働きなのだから当然だ、と友人たちのように思えたらまだ楽だろう。家事を夫にさせていることへの罪悪感めいたものが、時折チクリと私を抓《つね》る。母の爪、だと思う。常々外に働きに出たがっていた専業主婦の母の影響は大きい。今となっては女性ホルモンの仕業だったのだと理解はできるが「こんなところに閉じ込められてぇ。私は修道女じゃない」と髪を振り乱す母の姿は、幼い私にとっては狂気そのものだった。ずっと離れて暮らしているはずの母の爪が伸びてきて私を抓るたび、美容院は来月まで我慢しようとか、友人との食事も三回に一回は断ろうとか、小粒の重石を肩にのせては勝手にバランスをとっている。鼻息で飛ばせるほどの小石を。

これは俗にいうセックスレスだろうか、と思い始めた頃、赤いレースをあしらったシルクのランジェリーを買ったことがあった。『夫婦　レス　解消法』と検索すると、こんなにも悩んでいる人間がいるのかと仰天した。多種多様なページが出てくる。夫婦カウンセリング、風水、フェロモン香水に精力剤、弁護士、〝ふれあいの神〟という名の新興宗教に至るまで、ラインナップは幅広い。香水に心ひかれ買うかどうか迷ったけれど、効果がなければ、人工的にフェロモンを足そうが滲み出ない自分の魅力のなさにげんなりしてしまいそうだし、普段使いにして老人に群がられても困るので、赤い紐のランジェリーと夫婦《めおと》カエルの置物を注文した。そして、裕也が早く帰ってきた金曜日の夜、めいっぱい遊んだ和樹を早めに寝かしつけた。若いナースがくれたアソコ専用の石鹼で丁寧に体を洗い、いざ、と気合いを入れ、ベッドで本を読んでいた裕也の前に赤いランジェリー姿で現れると、彼は驚いたように半身を起こした。

「どうしたんだよその恰好。ちょっと待って、落ち着きなよミサ。和樹が見たらどうするんだよ。びっくりするよ。てゆうか、お腹冷えちゃうよ。パンツ紐だと」突如あらわれた悪霊でもなだめ諭すように、夫はうろたえていた。

「もう長いことしてないでしょ、私たち。でね、嫁がいつもジーパンばかりじゃ、裕也だってつまんないでしょ？　だから、たまには女らしい下着でもつけてみようって」

へへへと私が笑うと、そんな事かよ、と言わんばかりに鼻息交じりの笑いを収め、夫は本を閉じた。

「独身の女子じゃないんだからさ。そこにお金と気合い入れるくらいなら、新しい炊飯器を買おうとか思えないわけ。君が働きたいっていうから僕も色々我慢してるよ。協力もしてる。それなのにまだ足りないっていうの。欲張りすぎだよ」

「そうじゃない。あなたには感謝してる。だけど……、」

泣いていないのに鼻の奥がツンと痛い。

「だから、どこまで僕に求めるの？　君が夜勤の時は、和樹を保育園に迎えに行って、夕食だって作ってる。レトルトも使わずにね。同僚との飲みだって断ってさ。ミサと和樹のことを思えばこそだよ。年二回は旅行だって行くし、今度は石垣島に行きたいって言うから旅行サイトもチェックしてる。これ以上、何が不満だって言うんだよ」

そう。なにが不満なんだろう。夫には感謝しかない。いい父親。理解ある夫。でも——。

「……抱かれたいと思うことが、欲張りなことなの？」

泣くまいと決めていた。前にテレビで、女の涙で男の性欲は減退するとやっていたから。

「よそに女の人がいるから、とかじゃないよね……」

おそるおそる訊いた。そのほうがまだしも、気持ちの落としどころはある。

「それ、本気で言ってるの？　いつ僕にそんな時間があるっていうんだよ。仕事以外は君と和樹と過ごしてる。それは君が一番知ってることでしょ。僕だって疲れてるよ。その上今度はバカな妄想で責められるわけ。勘弁してくれよ。そんな下着つけるくらいなら、まずはそのポッコリしたお腹どうにかしたら」

そう言うと、彼は寝室を出て行ってしまった。真っ赤なランジェリー姿でたたずむ、情けないほど滑稽な私を置き去りにして。「お腹がポッコリなのは、あなたもでしょ」とひとりごちベッドに座ると、夫の温もりが尻に伝わってきた。

数週間前にあった、そんな夫とのやり取りを思い出していたらすっかり目が冴えてしまった。私はこのままずっと誰にも体を求められずに、ただ年だけ取っていくのだろうか。私は体を起こし、ローテーブルの上の洗濯物を両腕で抱えてソファから立ち上がった。

「ちょっとミサさん、聞いてくださいよー、チョー最悪なんですけど！」

唇をへの字に曲げて、里歩が詰所にずんずんと入って来る。どうしたの、と宥《なだ》めるように訊くと、興奮冷めやらぬ声で続けた。

「あのオババ、川上《かわかみ》クンにまでちょっかいかけ始めました。『すごい胸板やわ〜、ガッチガチやん』とか言ってカレを触りまくってるんですよ。いくらなんでも二十代の男にまで絡みつくなんて常軌を逸しすぎです。めっちゃ腹立つー」

川上君は入居者のための体操教室でアルバイトをしている体育大学の学生だ。ボート部所属というだけあって、服の上からでもその肉体美は一目瞭然。里歩は以前から彼を気に入っていて、アプローチを考えると意気込んでは、恋愛ハウツー本やら占いやらにお金をつぎ込んでいた。

オババは言い過ぎよ、と里歩に注意しつつ、その里歩に背中を押されるままリハビリルームへと向かった。

「コーチぃ、足がこれ以上あがりませーん。支えてもろてもよろしい？　コーチぃ、猫のポーズってこれであっていますか。あ。これ以上はおしり突き出されへんわぁ。コーチ。コーチ。コーチぃ。ん。抱っこ」頬と吐息がピンク色に染まっている。

横目でチラリと里歩を見やる。ミッフィーのボールペンを折らんばかりに握りしめ、眼光鋭くグレーヘアの老婆を睨みつけている。恋は盲目というけれど、若い娘が老婆相手に本気で鼻を歪める画《え》に笑いが込みあげそうになり、私は唇を内側に丸めた。

「たしかに『抱っこ』、は余計やな」

里歩に聞こえるように呟いてから笑顔でキヌ子に近づき、マットに上がりぐーっと伸びをする。

「キヌ子さん、川上先生は沢山の人を教えなあかんのよ。分からないところあるなら、私と一緒にしましょうか。キヌ子さんの横で、私も体操するわ。運動不足やから丁度いいし」

「していらん。場所狭くなるもん。さっきどっかの部屋で、うんち漏らしたーって叫んどったよ。難儀やん。はよ、戻り戻り」しっしっとハエでも払うように手首をゆらす。

「わかりました。それならみんなと一緒にしてくださいね。何かあればリハビリスタッフも横にいますから」ゆっくりと優しく伝える。そして、相変わらず鋭い視線でキヌ子を射ぬく里歩には、「五〇一号室の矢野《やの》さん、点滴の時間でしょう。早く行きなさい」と促し、リハビリルームを後にした。

どこからか言い争う声が響いてきたのは、それから一時間ほど経った頃だった。私は夜勤のために仮眠室で休んでいた。

急いで駆けつけると、数名のスタッフがキヌ子の部屋に集まっている。

「嫌がってなんかあらへんよ。『触られるうちが華ですから』って笑っとったもの」

「仕事だから気を遣っただけです。本当はイヤに決まってるじゃないですか。そういうのを世間では逆セクハラっていうんですよ」

「それはちがうわ。ほんまにイヤなら『大丈夫ですか。ちょっと支えますね』なんて優しく腰なんか抱かないわ。肩も揉んでくれたで。上手やったわー。あぁ、言葉にならへん」

わざとらしい困り顔で、キヌ子がくぼんだ瞳を下げた。

「ガチでウケる。まさか本気で言ってるんですか？　彼はアルバイトなので遠慮してるんです。なので、私が代弁を。正規雇用者の立場として当然ですから」

言い争っているのはキヌ子と里歩だ。ベッドに腰かけているキヌ子の方はゆっくりと瞬《まばた》きをして、動じる様子はない。我が子よりずっと年下の小娘などに熱くなりようがないと言いたげに、ベッドシーツの端を指に絡めてはほどいている。

何かに気が付いたのか、あら、と言ってキヌ子が里歩の顔に手をのばした。

「コレ、ぶら下がってたで。興奮しすぎて取れたんやね。ふふふふふ」

そして肩をふるわせながら、里歩の手の平に小さな毛虫状のモノを載せた。

右目だけが半サイズに縮んだ里歩の顔が、みるみるうちに赤らむ。彼女は今にも泣き出しそうに下唇を噛み、左目の付け睫毛をはぎ取ると乱暴にゴミ箱に投げ入れていた。

興奮する里歩を落ち着かせようと、私は手招きした。「ちょっと里歩ちゃ……、森本さん。ちょっとこっちへ。皆さん、お騒がせをして申し訳ありませんでした」

私がほうぼうに頭を下げると、スタッフ達もやれやれとでも言いたげにそれぞれの持ち場に戻っていった。同室の他のメンバーは別世界の住人のように、茶を啜ったりキューピーちゃんの編みぐるみを編んだりしている。正直ほっとする。それはそうと、私情をはさんで看護師が患者に突っかかるなど言語道断だ。

室内に頭を下げ、里歩とともに廊下へと出た。彼女に注意しようと、私が口を開いたと同時に、

「若いほうの看護師さーん。オードリヘップバーンの名言集でも読んだらええわー。あとなー、前から言おうと思ってたんやけど、胸につけてる黒猫、縁起が悪いと思うねん」

おっとりと、けれど、はっきりと、キヌ子の声が廊下まで響いてきた。

里歩は看護服の胸ポケットにつけた黒猫ジジのピンバッジにムッとした表情で触れ、「そう

言うキヌ子さんはオードリーとは程遠いですけどねっ」と、上ずった声で負けじと言い放つ。

「あー。うちはモンロー派やねん」と、気の抜けたキヌ子の声がした。

気息奄々《きそくえんえん》の里歩とともに詰所に戻ると、看護師長が鬼の形相で待っていた。数秒後にはキンキン声が飛んでくる。無論、指導係である私にも。看護師長が目の前に立ちはだかる。「入居者さん相手にあんな醜態は許しません。それから森本さん、これは同じ女性として言うけれどあなたは若いのよ。年寄り相手に本気になってどうするの。冷静になればもっと大らかに対応できたはず。あれくらい上手く流せないとここではやっていけないわよ」看護師長の言葉に、私は何度も頷いた。頷きすぎたのか、ならばと言わんばかりに師長の顔がこちらに向く。「分かっているならミサさん、時間と持ち場の配分ミスをもう一度見直しなさい。部下に暇を与えるからこんなことになるんでしょ！」

キヌ子さんに謝りに行くように、と最後に付け足し、彼女は責任者会議へと向かった。里歩と私は同時に顔を見合わせた。


シャンパングラスに細かな気泡が立ちのぼっている。心まで琥珀色に満ちてゆく。

「こんなことになるなんて、本当ラッキーだった。シフト交代してもらえて良かったわ」

私は裕也に微笑んだ。従弟の結婚式で一昨日から横浜に来ている。せっかくだからとデラックスルームをもう一泊予約していた母が、やっぱりペットホテルに預けた愛犬のミモが心配だと言って帰ってしまった。「ダブルだからあなたたち泊まったら。たまには夫婦水入らずで過ごすのもいいわよ」と、息子の和樹も連れて。

式は港の見渡せるこの老舗ホテルで滞りなく執り行われた。六年前の自分たちの結婚の時のことが、瞼の裏に気泡のように浮かんでくる。サンダルに入り込む砂を何度も払いのけながらの、夜の海でのプロポーズ。初めての挨拶では緊張で水を飲み過ぎ、裕也が私の実家のトイレに籠ったきり出てこなかったこと。祖父の形見のカフスをリメイクしたと真珠のブローチをプレゼントしてくれたこと。幸せな記憶が押し寄せて来て、全身に甘やかな血液が巡る。

裕也は舌平目のボンファムを口に運ぶと、うまい、と嬉しそうに頷いた。美味しいお料理にシャンパン。部屋に戻れば、海に映る宝石のような夜景が私たちを出迎えてくれる。この日の幸せを倍増させるために今までの私の苦悩はあったのだと、心からそう思えた。

エレベーターの中でぎこちなく裕也が私の手をとった。地球上の誰よりそばにいるのに、とても遠慮がちに。それだけで目頭が熱くなった。この空気を味わいつくそうと神経を研ぎ澄ますけれど、こそばゆくて力が入らない。この類のことに私はめっきり弱くなってしまっていた。深夜番組の若い男のインタビューが、ふいに脳裡に再生される。

〈飢えた人妻なんて楽勝っすよ〉変声機を通した声。〈髪の毛を優しくなでたり、綺麗ですね、なんつって褒めてみたり、そんだけで勘違いするんすよー。既婚女はちょろいっす。女として見られたってだけで、目が潤んできますしね。あ、下もっすねー。あはははははは〉モザイク顔の男の高笑いが脳内に響いてきた。既婚女は……、ちょろい。

へこたれんばかりの気持ちにムチ打って、匿名男と脳内で対峙する。これは夫婦の問題だ。

〈人妻だと淫靡な響きもあるけどね、私はあんたみたいなのに飢えてるんじゃないよ。旦那に飢えてんだよ！　この目頭の熱さがあんたなんかに分かるか〉

声も出てないのに息が上がる。どうだ、とばかりに夫の手を強く握り返した。

〈せつねー、人妻せつねー。てか、旦那さんもムリしてるっしょ。心底ときめくわけねーじゃん。嫁なんかにさ〉と、モザイク男が鼻しぶきを上げて笑った。

ぶちっと頭の中でリモコンの切ボタンを押す。〈消えてください。では、さようなら〉せっかくの非日常を台無しにしたくはない。こんなシチュエーション、きっとこの先数えるほどもない。そう思っていた矢先だった。エレベーターのドアが開くなり、「あっ！」と裕也の動きが止まる。部屋のある階とは違うフロアで、いきなりエレベーターを降りた夫は「うわ。すごい」と驚喜の声を上げた。夫のあまりの興奮に、私も慌ててあとを追う。

「〝モノクロームの夜〟だ。これ無名時代のジェニファー・アニストンが出てるんだよなー。序盤がモノクロなんだよ。でも言うのやめた。ミサ、これ観よう。絶対に面白いって。ここらへん多分DVD化されてないよ。廃盤のVHSだよ、貴重だなあ」

壁に備え付けられた棚一面のDVD。その下段にびっしり詰まった懐かしのVHS。よくもまあ扉が開いた一瞬で目に入ったものだと感心する。老舗ホテルならではの粋な計らいにも。同時に私は落胆した。「ね、一晩中これ観るつもり？」念のために訊いてみる。「うん。観るよ。当たり前じゃん」エロビデオを吟味する中学生男子のように爛々とした瞳で頷く。あぁ、いっそのこと廃盤のエロビデオならば良かったのにと、心から思った。

まったくもって泡など立たない。私は今、昨夜のやり場のない虚しさを、介護用の風呂場で石鹸と共に擦り合わせている。たしかに絹製のタオルのほうが肌触りはいい。けれど、石鹸を足しても足してもペースト化した泡がタオルの表面に貼りつくばかり。

あきらめ半分に手を休めると、「ええ感じや」と、キヌ子が言った。「え？　こんなんでいいんですか」思わず素っ頓狂な声が出る。「肌に触れるか触れないかくらいの強さで洗うんや。優しく優しーくな。これでキヌ子のキヌ肌のできあがり、な」

ダジャレが出るとは余程気に入ったのだろうか。私はペーストが少しでも泡立つようにタオルを揉みながら、彼女の背中に当てた。「キヌ子さんは、大浴場に入りましょうね」と言ったのに、人に洗ってもらうのが好きだと言って聞かない。仕方なしに手を動かしながらも、絹肌は納得だと思った。とても八十近い肌には見えない。ペーストまみれのタオルが肌の上をすべるようだった。

「流し終えたら、そのタオルを一旦すすいで湯を含ませてな、体に当ててほしいねん」

注文の多いこと多いこと。今までの担当者は言う通りにしてきたのだろうか。それとも私に甘えているだけなのか。「はいはい」と二つ返事で応えたところで、キヌ子がはにかみながらにんまりとする。

「あの沼田いう男な、五〇四号室の。アレ、うちに心底惚れてるで。山口《やまぐち》いう男も」

始まったモテ自慢に、私は若干の面倒くささを覚えながら「そうなん。キヌ子さんモテモテやね」と、首から腕へとタオルをずらしていく。話題を逸らすために、そういえばキヌ子さん、と続けた。「いつか浴槽に懐中電灯を沈めてたねぇ。覚えてる？」キヌ子は、あぁ、と思い出したように宙を見上げた。天井から水滴が落ちて、湯船がぽちょんと鳴った。

「探しもんや。ふかーいとこ」あんたらに邪魔されたけど、と呟いた。

「それよか、沼田も山口も男前やろ。うち、むかしから鼻が高い男が好きなんよ」

確かに二人とも鼻が高く端正な顔立ちをしている。前に山口さんの若い頃の写真を見せてもらったことがあり、昭和の銀幕スターばりのイケメンだったことを思い出した。そこも視野に入れつつの夜這いだったのかと思うと、ほとほと言葉を失う。

「モテモテなのは良いことやけど、もう夜中に潜り込んだらあかんよ。あ、もしかして山口さんの所にも行ったんやないでしょうね」

「行ったよ。ちょっとお手を拝借しただけや。借・り・た・だ・け」

キヌ子がクシャッと鼻にしわを寄せた。

あきれ果てて大きな溜息が出る。キヌ子の素行に気づけなかった自分自身にも。

「うちの施設でそういうことは困ります。三ヶ月も経たないで変わるのはイヤでしょう。キヌ子さん、旦那さんに満足させてもらってなかったんちゃいますか？」

牽制《けんせい》するつもりで嫌味を込めて言った。キヌ子がきょとんとした顔で私を見る。

「は？　お父ちゃんは満足させてくれてたで」キヌ子としばらく見つめ合った。変な空気になり、「へー。それはそれは」と笑いながら、彼女の垂れた胸を片手で持ち上げ、タオルを差し入れる。言いようもなく心がざわついた。太腿、足首、足を洗い終えると、泡のきれたタオルを洗面器の湯に浸した。湯が白くにごる。

「あんたぁ、お腹の下のほうが熱くて熱くて死にそうやー。うちの真っ赤なお星さん、燃えてるー。って言うたらな、お父ちゃんはすっ飛んできてくれたで。『キヌ子、ホンマに熱いわ』、言うて」

温度を下げ、蛇口をひねり水を足す。じゃぶじゃぶとタオルを洗い、たっぷり水のたまった洗面器の中に再びタオルを浸した。

――あんた、旦那に触れられてへんやろ。

空耳かと思い、え？　と訊き返す。

「だから、旦那とセックスしてないやろ、って」

ぷつり、と頭の中心で音がした。冷たいタオルを絞る。

失礼します。拭きますねー、と彼女の脚を開き、陰部に冷たいそれを押し当てた。

「つめた！　冷やっこい。なにしてくれんの」キヌ子が叫ぶ。「あ、ごめん。キヌ子さん、『熱い熱い』言うから冷まさなと思ってん……」言ったあとで顔が上げられない。滑り止めマットに視線をおいたまま、蛇口をひねった。私は今どんな顔をしているのだろう。目の前の鏡を見ればいいだけなのに、それすらできなかった。一気に湯を足してかき回し、温度を調節した。どうかしてる。どうかしすぎている――。

下腹部にちょろちょろと湯をかけ流すと、キヌ子がくすぐったそうに笑った。

「あ、熱っ」

パラパラと長い拍手が止み、幼稚園児たちはビー玉が弾けるように散った。

お遊戯のときに使った手作りの団扇を、園児たちがプレゼントしてくれるのだ。おのおのに絵を描き色紙を貼った団扇は、遠い国の祭りの小道具みたいにカラフルで楽しい。嬉しそうに園児に微笑む人、上手にできていると感心する人。なにより、園児たちの輝く無垢な笑顔に私たちまで心がまるくなる。和樹の保育園でも来月お遊戯会があるとお便りをもらってきていた。二ヶ月に一度行われる慰問レクリエーションは、この施設のオアシスだ。

「ひかり幼稚園のみなさん、可愛い歌と踊りをありがとうございましたー。それでは次にアカシア合唱サークルの皆さん、おねがいしまーす」

進行役の里歩が、マイクを片手に拍手をうながす。中年の女性コーラス隊が小さなステージに上がると、再びパラパラと拍手がおきた。てっぱん曲の〝モルダウの流れ〟〝ふるさと〟〝上を向いて歩こう〟が滞りなく歌われたところで、サークルリーダーの挨拶が入る。はずが、突然、ヤジめいた男性の声がフロアに響いた。

「グラス・ルーツの〝恋は二人のハーモニー〟歌ってくれや。まいど聞きあきたわ。ソプラノ五人にアルト四人やろ？　ハモれるハモれる。ちょっと待って、え？　なんて？」

爪先立って後ろから視線を伸ばすと、どうやら最前列からの声のようだ。横顔の鷲鼻――山口さんだ。隣の席の女性の口元に耳を近づけ、うんうんと頷いている。まるで恋人同士のように。女性はもちろん、新堂キヌ子。

「それが無理ならな、〝花のサンフランシスコ〟でもええで。パトゥラ・クラークっぽいかんじでたのむわ。女だけで歌うねんから」

山口さんのリクエストに、しおらしくキヌ子が小首を傾《かし》げている。自分のベストな角度を研究しつくした結果の伏し目だろうか。山口さんは骨抜きだ。愛するオンナの為に一肌脱いだとばかりのドヤ顔に、里歩が「コーラスの方々が皆さんのために練習してくださった歌です。楽しく聴きましょうね」と、苛立ちを抑えた笑顔でたしなめる。

「そこここで歌ってるんやろ？　こっちが聴きたい曲を練習してくれんと。それでこそ慰問やで。こっちはあんたらの歌で踊ろう思ってんのや。楽しめないのやったらレクリエーション違うやんか」語気を強め反論する山口さんに「〝いつでも夢を〟は、いかがでしょうか。吉永小百合と橋幸夫の……」と、ステージから声がした。見かねたサークルリーダーからの提案だった。ふたたび唇と耳元を寄せる二人。コクリ、と頷くキヌ子。ゴーサインとばかりに鳴り始めたピアノの伴奏。もはや他の観客はいないようなものだ。

山口さんは、よっこらしょと立ち上がると、プリンセスをエスコートするようにキヌ子の手を取った。片手は握り合い、もう片手は互いの腰を引き寄せ合う。風に吹かれる二艘の小舟が水面をたゆたうように。まさに二人が主役。昭和の名曲に手拍子まで始まり、ムード絶好調の時だった。バシッ。という音と同時に、人が倒れる音がした。コーラスがぴたりと止む。ステージ横にいた里歩が真っ先に山口さんの元に駆け寄るのが目に入った。山口さん？　そう思った瞬間、長い棒が空中に振りかざされた。

「俺の女や！　俺の女かえせ。色ボケジジイめ」杖の持ち主は、沼田タカシだった。

「コノ、勃起もせんくせにカッコつけおって！　くそジジイ」沼田さんは椅子に座ったまま、コノ、コノと、何度も杖を振り上げ喚いている。バチンッ。床を叩く音。私は慌てて彼らの元に走った。「きゃ！」と、キヌ子が叫び声を上げる。

「やめなさい！　沼田さん」スタッフが一斉に、キヌ子含め他の入居者をその場から引き離す。里歩が山口さんをかばうように覆いかぶさった。再び杖が振り上げられ、私はとっさに手で杖を摑もうとした。だが、自制の効かなくなった杖は、爆演指揮者のタクトのように宙を舞い、ひゅんひゅんと左右に振れて私の頭に激突した。鈍痛が走る。私は頭をおさえ、その場にしゃがみこんだ。静まり返ったロビーで、コトン、と杖が床に倒れる音がした。頭蓋骨からの振動が、チリチリと脳を震わせている。

「ミサさん……。ミサさん、大丈夫ですか」車椅子に山口さんを乗せた里歩が、屈んで私を覗き込む。「大丈夫……。早く山口さんを先生のところに」

里歩は頷き、足早に処置室へと向かった。私はスタッフに支えられながら、消毒液と柿の匂いのする廊下をゆっくりゆっくりと進んだ。入居者と同じように腰をかがめて。

仮眠室で目が覚めると、暗い窓に月がはりついていた。

腹の上にかけてあったタオルケットを鼻まで引き上げると、ハイターの匂いが鼻腔をついた。

固いベッドに横たわったまま暗い天井を見上げる。意識が朦朧としていた。窓から入り込む光が、密度の濃い煙のような渦をつくり、天井に白い穴をくりぬいているように見えた。朦朧とした意識の中それを眺めていた。開ききらない目のせいだろうか、ふるっとその白の輪郭が揺れて、少しばかり穴が広がった。ふるっふるっ。広がっていく穴の縁に手が掛かって、誰かがこちらを覗いているような錯覚を覚えた。頭から鼻下までの顔で、こちらをじっと見つめている。奥二重の目に、小ぶりな鼻、髪はグレーと白のまだらで顔には深い皺がある。

とても懐かしい。それでいて見飽きるほどよく知っている顔――私だ。老女になった私が、私をじっと見下ろしていた。なにか言おうと乾いて張りつく唇をひらきかけた瞬間、消えた。何かを伝えにきたのだろうか。視線で行方を捜す。靄のかかる思考のまま、視線を左右に動かすと、今度は天井と壁の角に穴が現れた。けれど、さっきの穴とは違う白く薄い楕円の光だった。

一瞬その光が消えた。気になりベッドから起き上がって窓に近寄ると少し頭がふらついた。窓ガラスに両手をついて闇を探る。飛び込んできた光の眩しさに目が眩み、私はカーテンの端に身をずらした。中庭からだ。いくらなんでもこんな時間に非常識だ。寝ている入居者が起きてしまうかもしれない。入居者でも部外者でも注意をしなければ。そう思い頭が冴え始めた時、枕元に置いてあった携帯が点滅した。里歩からのメールだった。

〈ミサさん大丈夫ですか？　仮眠室に寄ったらグッスリでしたので先に帰りますね。山口さん、大きな怪我はありませんでした。一安心です。でも、沼田さんについては話し合いになります。

何かできることあればいつでもメールくださいね。おつかれさまでした〉

絵文字が盛りこまれたメッセージに心が緩み、思考が戻ってゆく。

私は部屋を抜け出しエレベーターに乗った。ナースコールで呼ばれたのか、詰所は空だ。消灯時間をとうに過ぎた真っ暗な廊下を行く。私はもう、誰の仕業なのか分かっていた。

外へ出ると、ゆらゆらと夜空を照らす白い光は、中庭の端の木立の間から伸びていた。

「キヌ子さん。また抜け出してる」言いつつ近づく。彼女はベンチに座り懐中電灯を空にむけていた。「あ、あんたか。もう大丈夫なん？　えらいことになってしもて……」

昼間の出来事が少しはこたえているのか、低く小さな声だった。キヌ子は膝の上にライトを置いた。濃い芝生が丸く浮かび上がる。草を分けてなにかが飛んだ。

「キヌ子さん、ホンマに懐中電灯好きやね。こんどは夜空でなにを探してるの。ほら、あの赤い星、火星ちゃう。今年は地球に近いんやってね」キヌ子の隣に腰かけた。

「あんなもん子供だましや。望遠鏡でのぞいたら砂嵐で赤く見えんかったもん。私の赤い星はあんなに小さくない。あんたのだって、そうやで」

言葉の真意も分からないのに、なぜなのか目の奥が痺れる。

「あんたのも、ごっついでぇ」と、ベテラン占い師のように言い切るキヌ子の後ろから、ジャスミンに似た香りが流れてきた。いい匂い、と呟くと、臭木《くさぎ》の匂いや、とキヌ子が返す。「臭っさい臭っさいのは枝や葉。あんたは花の匂いが分かるんかい。けったいやな」と声を上げ笑う。〝けったい〟な理由も〝ごっつい〟の正体も、心の奥では分かっているからこそ聞けなかった。溢れそうになる涙をごまかすためにつむじ近くの髪を指先で梳いた。

杖で殴られた部分が膨らんでいた。キヌ子に冷たいタオルを押し当てたバツの瘤。年老いた自分の幻影を見せてきた瘤――そっと触れる。

「かんにんやで。痛かったたな」そう言って、キヌ子は私の頭を優しくなでた。

「恥ずかしいことなんか、なんも、あらへんよ」

爪が伸びるのかて、アソコが疼くのかて一緒や。深く深くに沈んでしもてもなあ、消えへんで。あんたのも、うちのも。

「そんなんいらんわ……ほんまに」と、私が言う。「あほか」と、キヌ子が呟く。

――厄介なのはな、命そのものやからや。綺麗ごとですむかいな。

キヌ子の膝の上から、懐中電灯の光が遠くまで伸びている。途切れた光の先には、真っ暗な闇が広がっていた。私は胸ポケットからペンライトを取りだし、その光に繋ぎ足すように、新たな光を当てた。

ローズとカサブランカ

「水織《みおり》さんはMサイズでよかったかしら?」

益美《ますみ》さんが紙袋を手渡してきた。深緑色に金のロゴに見覚えがあった。たしか人気女優がブログに載せていた今流行のブランドだ。

「開けてみて」

結婚して五年目、最近は夫からも誕生日以外でプレゼントをもらうことはなくなっていた。サプライズプレゼントなどいつ以来だろう。戸惑いつつも私は興奮を抑えられず、薄い包み紙をそっと剝がした。

……あ。これ。

サテンプリーツのスカート。確か入荷待ちでなかなか手に入らない限定色のグレージュ色。私は角度によって光沢の風合いが変わるその色味に魅せられて、少しの間黙っていた。

「気に入らなかったかしら……ごめんね。水織さんに似合うかなと思って。好みじゃなければ遠慮なく言って。タグ切らなければ交換もできると思うから」

益美さんがこちらを窺い見る。

「いえ。すごく嬉しいです。でも、本当にいいんですか？」

「あらヤダ。もー、びっくりさせないで、水織さんったら。気に入らなかったかと思うじゃないの、急に黙るんだから。でも、良かったわ。喜んでくれたら私も嬉しい」

そう言ってスカートを持つ私の手に手を重ねた。彼女の左手の甲には中指の付け根あたりに、小さく盛り上がった黒子《ほくろ》がある。洋《よう》ちゃんの中指の付け根にも同じような黒子があって、そして陸斗《りくと》にも小さなそれがあることに、多分、益美さんは気がついていない。

引っ越しの荷解きが思うように進まず、もうじき三歳になる息子の陸斗と、積み上げられた段ボールのテープだけをたらたらと剝がしている時だった。玄関のチャイムが鳴った。ドアを開けると、両腕に紙袋をぶら下げた益美さんが立っていた。

このマンションに越してきたのは一週間前だ。福井にある大手電機メーカーの研究所から、東京本社の中央研究所に夫の転勤が決まり、私は生まれて初めて地元から離れることになった。

東京といえども「区」ではない。羨望の眼差しを向けてきた地元の友人達にはそう説明済みだった。「それでも東京に住めるんだからいいじゃない」と言っていた彼女たちに、ここからの景色を見せたらなんと言うだろう。高層の建物といえば駅に直結したタワーマンションしかなく、それを除けば、どこまでも見渡せる空が広がっている。あとは、等間隔で建ち並ぶ住宅と、葦の茂った今にも干上がりそうな水嵩の少ない川、傷んだキャベツがごろごろと転がった小さな畑に、古びたいくつかの商店と、昼夜問わずシャッターが半開きの自転車屋があるだけ。地元の隣町かと錯覚してしまいそうなこの町で新生活を始めることになった決め手は、知り合いがいた方が君も安心だろ、という洋ちゃんの一言だった。

「水織さん、台所をとりあえず先に片付けちゃうわね。あとであなたの使い勝手がいいようにしてくれたらいいから。まずは生活できるようにしちゃいましょう。今日はタッパーに夕飯のお惣菜も作ってきたの。片付くまで料理もしづらいものね。あ、チョコレートムース好き？デザートもあるのよ。四つ買ってきたから。あなたたち三人と私のぶん」

益美さんはそう言って、キッチンカウンターにケーキ店の箱を置いたあと、手提げバッグからエプロンを出しさっと身につけた。

「すみません。なにからなにまで。陸斗と遊びながらやろうと思っていたので助かります。デザートまで。りっくん、おやつの時にいただこうねー」

「これからは何でも言ってね。私、ずっと娘が欲しいって思ってたから、本当にうれしいのよ。これから私が育てたいくらい。大袈裟かもしれないけど、本当にそう思ってるの。だから、何でも相談してね」

「あ、でも。晴美《はるみ》さんもいますし、甘えっぱなしはよくないって心得てますので」

ぺこりと頭を下げながらも、育てたい、という益美さんの一言に一瞬、違和感を覚えたが、喜びからの言葉の綾だろうと受け流した。

「晴美さんのことは気にしなくていいのよ。子供もまだいらないんだって」

社交辞令で言っただけなのに、益美さんの語気が強まる。長男夫婦はもともと二十三区内のマンションで暮らしていたが、一年ほど前に夫の両親と暮らすためにこの町に二世帯住宅を建てた。同居すれば互いの考えの違いが出る場面は色々あるのだろうと想像に容易《たやす》いが、なんとなく、晴美さんが外に働きに出ているのは正解かもしれないという気がした。

〟鍋〟〝食器〟〝調味料類〟とそれぞれ太いマッキーペンで書かれた段ボールを選んで開け、益美さんが手際よく中にあるものを食器棚に片付けてゆく。華奢な体に合った、黒地にピンクの小花柄のエプロン。トップにふんわりとボリュームのある短い髪。大きな丸い目のきわにはよく見ればちりめん皺があるものの、それでも孫がいるようにはとても見えない。

ところでね、と言って益美さんが立ち上がり、テレビボードの引き出しを片付けている私の傍に来ると、腕に腕をぴったりとつけるように座った。彼女の細い腕に触れると、自分の二の腕の厚みを感じる。

顔が近い。ねぇ、と彼女の息が頬にかかる。

「水織さん。あなたは自転車には乗るの？」

引き出しの中にＤＶＤを並べながら、

「どうしてですか？」

と問うと、

「私、乗ったことないのよね」

と益美さんは我が身を憐れむように口をすぼめた。

そんな人間がいるわけないと、冗談半分に聞いていたのだけれど、どうやら〝生まれてこのかた〟六十年以上レベルの話だった。

「子供の時ね、ほら、友達があそぼーって自転車で家に迎えに来るじゃない？　あれがイヤでね。だって、私一人だけ走んなきゃならないんだもの」

遠い記憶を辿るように、益美さんが目を細める。

「走るって、自転車を追いかけてたってことですか。逆にスゴいです。家に自転車がなかったってことですか？」私の言葉にかぶせるように、陸斗が「りっくん、三さいになったら自転車かってもらうー。チャッピンとノンボがついてるやつ」と仲間に加わってくる。そうだねー買おうねー、と陸斗の頭をくしゃくしゃと撫でながら、もしかしたら昔は今と比べものにならないような贅沢品だったのかもしれないと思い至り、「でも、べつに気にしなくても。今までなくて大丈夫だったんですから」と慌ててつけ加えた。

益美さんは何も答えずにインプラントにしたばかりだという前歯に人差し指で軽く触れたあと、陸斗がぐずった時のために段ボールの上に置いていた菓子の小袋を一つ摘んだ。会話に間をおくように、その中からハート形を選んで「カシスバター味だって。美味しいのかしら」と呟くと、ピンク色のおかきを口の奥のほうに差し入れ、ガリッと嚙み砕いた。

「持ってはいたのよ。父が誕生日に買ってきてくれたから」

でも、と咀嚼しながら続ける。「美しくないでしょ、自転車って。それにあんな安定感のない危なっかしい乗り物ってないと思うのよね。子供をカゴに乗せるだなんて、見てるだけでゾッとしちゃう。この前ね、見ちゃったのよ。ママがバランス崩して自転車が倒れたの。女の子の顔面血だらけよ。もー、怖いわよね」

そう言って益美さんがじっと私を見つめる。

「水織さんは乗るの？」

「はい。陸斗にはヘルメットもちゃんと被せてますし」

きっぱりと言い放つと、彼女は少し不服そうに唇を歪めた。そうよね。でも、と少し間を置き言葉を考えてから、でも私はね、と続けた。

「これからはせっかく近くにいるりっくんと水織さんとの時間を大切にしたいのよ。一分一秒でもね。だから、自転車でぴゅーってどこでも行って、私一人を置いていくようなことはしないでほしいの。ほら、移動時間だってきっとあなた達との貴重な思い出になるでしょう。そういうことも大切にしていけたら、って思うの」

たかが自転車に何を大袈裟な、と思いつつも、孫との時間を少しでも楽しみたいというアピールなのだろうと察しがつく。ちょっとズレている気もするが、入荷待ちの高価なスカートをプレゼントしてもらった手前もあり、「そうですね。できるだけ気をつけます」と軽く返事をしてしまった。

「ありがとう。やっぱり水織さんは可愛いわ。あら、ヤダ。洋司《ようじ》には言わないでちょうだいね。しかられちゃうから。あ、よかったら自転車のカギ、あずかりましょうか？」

さらりと言われた提案に一瞬戸惑う。普段も乗るなという意味だったのだろうか。

「あ、だいじょうぶです」

小さく答え、僅かな空気のずれを引き戻す。ｉＰｏｄから流れている音楽に意識を向け、カシスバターのおかきに手を伸ばし咀嚼した。そんな私を愛おしそうに覗きこみ、音量を上げろという合図だろうか、益美さんが鼻歌まじりに手を上に持ち上げた。戸惑いながらｉＰｏｄの音量を上げる。さざ波を弾くようなウクレレの音に、脱力感たっぷりの男性ボーカルの歌声が徐々に大きくなる。それを聴いているうちに、三年前のつわりの記憶がふいに蘇った。

ストレスホルモンを下げることが科学的にも証明されているのと、妊娠中に、益美さんがＣＤを送ってきてくれた。その時に聴いたハワイアンミュージックだ。曲に合わせて、体内で臓器がゆらゆらと揺れている感覚になり、私は胃のあたりを軽くさすった。それに気がつかない益美さんが、眉をきゅんと上げて微笑みながら宙を指さす。ほら、この曲、と、自分たちの絆でも確認するみたいに。益美さんの上がりっぱなしの口角を見つめながら、彼女が恵まれない国の子供を支援するテンポラリーマザーになっていると聞いた日のことを思い出していた。確か、メヘディちゃんというバングラデシュの五歳の少女だった。以前、写真や手紙を見せてもらったことがあり、「お義母《かあ》さん、すごいですね」と褒めると、益美さんはその少女の悲しい境遇を延々と語り、「この子はね、私がいないとダメなの……」と涙を一粒こぼした。

益美さんは自分のことよりも他人のことを考える慈悲深い人なのだ。町内会の掃除当番ですら「面倒くさいわよねぇ」と重い腰をあげて掃除をし始める母とはまるで違う。義父母など盆正月の付き合いで丁度いい、と姉に毒づいていた時もあったけれど、世話好きのいい姑なのだと自分に言い聞かせる。一層盛り上がったウクレレの独奏がリビングに高々と響いた。つわりの時のような酸味がじんわりと口の中に広がった。

ショッピングモールは平日とは思えないほど親子連れでいっぱいだった。

大人気アニメ〝うきドキ☆チャッピン〟のイベントがあるのだと益美さんから聞いた時、陸斗は興奮のあまり鼻血を出したほどだ。地元の福井にチャッピン御一行さまが来てくれたことはなかった。陸斗は、主人公のお猿のチャッピンではなく脇役のワニのノンボ推しだ。いつもは四足歩行ののんびり屋のノンボが、怒り出した時に二足歩行で猛ダッシュするのを、テレビの前で今か今かと待ちかまえている。

それを知った益美さんがチケットを取ってくれた。

「ばあば来ないね〜」

背伸びをして視線で人混みの中を探し続ける。開演まであと五分を切っていた。

並んでいた入場の順番を何人に譲ったかしれない。いよいよ電話をかけようと思ったその時、

「りっくん！　水織さ〜ん」と私たちを呼ぶ声が聞こえた。人混みの中で背伸びをし、声のしたほうに顔を向けると、腕をぶんぶんと振っている益美さんを見つけた。私たちに気がつき、彼女が人波をかき分けてこちらに来る。

「コレコレ。これを買いに行ってたのよ」

真っ先に陸斗が飛びつく。

「あ！　ノンボだ。ノンボだぁ」

「そう。ノンボだよ。これ着て見ようね〜。すごいの。こうやって繋げると、ほら。ノンボの

体になるんだよ」

そう言うと益美さんは、私と陸斗それぞれにTシャツを手渡し、二枚を横並びに繋げた。陸斗は頭の部分。私は胴体。あれ、尻尾は、と思った瞬間、益美さんは着ているカーディガンをがばっと開いた。緑色のゴツゴツした尻尾が、彼女の下腹に貼りついている。あ、本当だ。三枚つないでノンボになってる。

「あぁ遠かった。前にデパートの子供服売り場で見かけたのを思い出して、電車で行ってきたのよ。みんなでコレ着て見よう。りっくんも着たいわよね。あー疲れた」

これを買いに電車に乗ってわざわざ――。こういうグッズはたぶん、イベント会場内の物販コーナーにも売っているのに。なんだか申し訳ない気持ちになる。

きたいきたい〜、と飛び跳ねる陸斗。

「でも時間が。もう始まっちゃいますよ」と私が言うと、

「なら、そこのトイレで着替えてきちゃって。係の人には言っておくから、早く！」

ポンと尻を叩かれ、駆け出した陸斗を追って私も走る。親子トイレでTシャツに着替え急いで会場に戻ると、何やら益美さんが係員と揉めているようだった。

「福井の田舎から出てきたんですよ。そうです、コレを見るためにわざわざ。ねぇ、最前列で見せてやってくれませんか？　私が遅れたのも、このノンボの親子Tシャツを買うためだったんですから」

カーディガンをピラリと摘み、腹のノンボのシッポを見せつけている。

「そう言われましても。他の皆さんには並んでいただいているので。あの、ノンボTシャツはあちらの物販コーナーにも置いてありますので」

係員が困ったように後ろ髪を掻いた。

「知らなかったもの」

益美さんの声が低くなる。

「お義母さん、もういいですから。一番後ろでも靴を脱げば子供は立って見られますし。見えなければ、私が時々陸斗を抱っこして見せますから」

諭すように益美さんの腕を軽くつかんだ。そもそも、このイベントを見るために福井から出てきたというのは大嘘ではないか。

「だから、何度も言いますけど、この子らは早くに並んでたんですって。このTシャツの売り上げだって、あなた方に入ってくるんでしょ。こういうグッズを買っているのは、私たちばあばなのよ。あなた分かってる？」

普段はおっとりとした益美さんの語気が強まった。

腕時計を気にしながら「わかりました」と係員が諦めたように頷いた。

イベント開始時刻はすでに過ぎていた。大音量でテーマ曲が鳴り響く中、腰を屈めて、シートに直に座る親子をかき分け最前列へ向かう。「申し訳ございません。少しお詰め願います」スタッフの声掛けでずれ始める無数の体と、四方八方から放たれる視線が痛い。私たちの着席と同時に音量が上がった。色鮮やかな照明が不規則に舞い、少し目がくらんだ。

会場の手拍子と音楽に合わせて、軽快にバク転をしながらチャッピンが登場する。陸斗の肩を抱きチャッピンに手を振る益美さんを視界の端でとらえながら、テーマ曲まで歌えるんだ、と少しだけ白けた気持ちになった。それにしても元気だ。六十代。現役ママがやれそうなくらいエネルギッシュだな、と思いつつ正座を崩した瞬間、私の目が止まる。

彼女の膝元に置かれたバッグが、私の愛用しているマザーズバッグと色も形も一緒だった。

ロールキャベツに箸を割り入れながら、これで何日目だろうと思う。

なんだかんだ毎日益美さんと顔を合わせている。二十分の時もあれば丸一日の時もあり、そのたびに陸斗へのお菓子やちょっとしたオモチャを持ってきてくれる。

一昨日は私にも花柄の化粧ポーチをくれた。生理ナプキンとタンポンまで添えて。「はい、新しく超薄型が出たってCMで見たから。ね、母娘《おやこ》ってこんな感じなんでしょ？」と他意なく微笑む益美さんに、中学生まではね、と言い返したくても「助かります」とお礼を言うしかない。私はそれをトイレの棚の中にしまった。

引っ越してきてからというもの、一日たりとも益美さんが頭から離れることがなくなった。我が家の至る所に益美さんがいる。冷蔵庫の中、クローゼット、オモチャ箱の中。飾り棚のガラスの天使も、親子三人揃いのマグカップも、彼女からもらった物だ。そのたびに、感謝と何とも言葉にならないざわざわした感覚が、交互に湧き上がってくる。

今食べている夕飯のロールキャベツも、作りすぎたからとわざわざ夕方保温バッグに入れ、彼女が届けてくれたものだった。

「旨い！　母さん料理が得意ってわけじゃないけど、ロールキャベツだけは旨いんだよな」

そう言いながら、洋ちゃんがビールをグラスに注いだ。

「でも、いつも悪いなって。ほら、こうやって毎日色々持ってきてくれるでしょ。私たちが来てから、お義父《とう》さんとの時間ないんじゃないかな。気を遣ってくれているのはすごくありがたいけど」

迷惑、とまでは言えない。助かっている面もあるのは事実だった。私のブログを見た地元の友人から「その服かわいい！　やっぱり東京って小洒落てるわ」とか「色んな所に遊びに行ってるね。いいな」などと羨ましがられるのも、益美さんあってのことなのだから。

「母さんも嬉しいんだよ。父さんはゴルフやら町内の麻雀会なんかで外に出るし、兄貴の所は二人とも仕事してるだろ。俺も休日出勤とかあるし。そういうときに水織と陸斗が楽しんでると思えば安心だしさ」

洋ちゃんを今まで特別マザコンだと感じたことはない。慣れない土地に来たばかりの陸斗と私のことを思っての言葉だと分かってもいた。

それでも、こう毎日義母と過ごすのはさすがに疲れてくる。私だって、同世代の女性と知り合って、たまには他愛ないことで笑ったりグチを言い合ったりしたい。最近はそんなことを思い始めている。まずは身内からだ。そう思って、義姉の晴美さんを休みの日にでもランチに誘ってみようかな、と、益美さんに言ってみたけれど、「共通の話題ってあるのかしらね。彼女は国立大卒のバリバリのキャリアウーマンだし。ま、水織さんが楽しめるならいいけど、他のところでママ友でも作ったら?」と返され、これは気遣いなのだろうかと思いながら、軽くへこんだ。正月に会う時は義姉とも楽しく話をしていたし、都会的な彼女の雰囲気に素敵だなという憧れもあったから。

ビールが空になったのか冷蔵庫にビールを取りに行く洋ちゃんの背中に、私も、と声をかけた。「水織も飲むの、めずらしいな」と嬉しそうに振り向いた洋ちゃんは、テーブルに戻ってくると私のグラスにビールを注いでくれた。茄子の揚げ浸しを半分に割る、洋ちゃんの藍色の箸を見つめながら、地元の海と空を思い出していた。海沿いの小さな工場から立ち昇る白い煙に夕焼けが溶けだし、空がピンク色になるのを見ている時間が私は好きだった。それを家族三人で眺めていた頃が、遠い日の記憶のようだ。

「アンタ贅沢ね! なに言ってんのよ」

受話口で姉の里歩が叫ぶ。私は携帯を耳から離した。

「わかってるよ。大声出さないでったら。でも、引っ越してから家族三人で過ごしてない気がするんだもん。感謝はしてるんだよ。でも、夕食のおかずをお義母さんが持ってきたりすると、その場にいなくてもなんか生活を侵食されてる気分になる。『あげたニット、次に会うときに着てるところ見せてね』とかメールくるし」

姉は早々に地元を離れ、老人介護施設で看護師をして五年ほどになる。

「いいじゃん着れば。いいじゃん食べれば。あんたそういうの得意じゃないの」

「それ、どういう意味」

「さあね。そこまで気の利くお姑さんって聞いたことない、ってことよ。老健施設なんて結構エグいよ。たぶん、昔イジワルされていたからなんだとは思うけど、嫁が何日も着替えを持って来なかったり、入れ歯を隠したりね。婆ちゃんは婆ちゃんで、嫁が来ようもんなら物投げまくり。使用済みのオムツとかも投げるんだよ。あーコワッ」

　ハンズフリーで話しているのか、カチャカチャと受話口ごしに音がする。また化粧でもしながら話しているのだろう。ナチュラルメイク講座に通ったことが吉と出たのか、姉は施設の体操教室でバイトをしていた男性と五年越しの片思いが実り、付き合うことになったらしい。

「たまに思うもん、私って益美さんと結婚したんだっけ？　って。いつも三人で行動してるから。それにさ、私とお揃いのマザーズバッグ持ってきたの。びっくりしたんだから。子供はりっくん一人なのにだよ。しかも中身までほとんど一緒。お口拭きシートでしょ。それから、お出かけ用のフォークとスプーンセット。トレパンマンにお着替え。保温ポット。ミニ絵本。この前なんかどっちのスプーン使うかでちょっと揉めそうになったし」

　一気に言い終え、鼻から深く息を吸い込み、

「私、信用されてないのかな」

　と吐く息と共にポツリとこぼした。

「うーん。一種の退行じゃない？」

「なに、それ」

「だって、子供から無条件に必要とされるじゃないの、ママの時期って。子供が小さい時は特に。きっとその状態に自分の価値を感じているんじゃないのかな。入居者の女性にも多いよ。私なんて入居者のお婆ちゃんを風呂入れてた時に、おっぱい吸わされかけたからね」

口紅を塗り終えたのか、姉の唇の音が耳元で、ンパッ、と鳴る。

「じゃあ、ママ役を譲ってやればいいっていうわけ？　色々してもらっているお礼にって？なによそれ。陸斗は私が産んだんだから」

なんか、しんどい。姑が完璧なぶん、優しいぶん、じんわりとしんどい。

たった今、姉にぶちまけている愚痴も、結局、時間が経つと単なる私の我儘なのだろうかという答えに行きついてしまう。

「はぁ〜。そう考えると、今までもらったプレゼントたちが賄賂か何かに思えてくる」

「いやいや。それは極端すぎるっしょ。良かれと思ってしてくれてるんだから。そこまで思うんなら、誰か友達つくればいいじゃないの。あんまり重く受け止めないほうがいいよ。私、今から夜勤なのよ。またかけるからさ」

そう言って姉は電話を切ってしまった。

良かれと思って、か――。

そうだよな。良かれと思ってなんだよな。そして、良かれと思って、って一瞬で相手にものを言えなくさせてしまう、ものすごい言葉だなと思った。自分からは益美さんに一度も頼み事などしたことがなかったから。

今夜は飲み会で洋ちゃんの帰りが遅い。妻の胸の内などつゆ知らず呑気なものだ。

戦隊ヒーローの若手イケメン俳優のブログでも拝んだあと、久しぶりにＰＣメールを確認してから寝ようと、私はノートパソコンを食卓の上で開いた。


仕事からの帰宅時に洋ちゃんが宅配ボックスの点滅に気がついて取り出した時には、ハムの保冷材はすっかり溶け、消防車のミニカーはキンキンに冷えていた。いい加減、残りの荷解きを終えてしまおうと、チャッピンやら戦隊ヒーローやらのアドレナリン全開テーマ曲でテンションを上げて片付けをしていたら、夕方までメッセージの着信音に気がつかなかった。

〈おそくなってすみません。今日は隣町の公園に行ってきました。遊具が沢山あるので。ハム美味しかったです。ありがとうございます〉

謝罪、報告、感謝。そして、姑を傷つけないためのちょっとした嘘。世の嫁たちも私と同じようにこんな風にやり過ごしてるのだろうか。

カーテンレースから茜色が差し込む頃になって、時間が経つのは早いな、と思い携帯で時間を見ると新着メールがたまっていた。〈よかったらフィルハーモニー管弦楽団の親子コンサートに行きませんか〉〈家に寄りましたが、留守のようだったので、トミカの消防車と三田屋のロースハムを宅配ボックスに入れておきます。要冷蔵だから早めに取ってください〉〈追伸、連絡がなく心配してます。大変なのはよくわかるから、なんでも言ってね、母娘なんだから〉

新着メッセージの三分の二が、益美さんからだった。私はラグマットの上に携帯を滑らせるように投げた。

そんな昨日の出来事を思い出しながら、陸斗と手を繋ぎ駅までの道を歩いた。自転車をこげば数分で着く距離だったけれど、なんとなく私は姑との約束を守っていた。

小さなキャベツ畑からは穀物が焼かれたあとのような残り香が漂っていて、浅い川ではスズメが水を浴びている。そんな風景を横目に見ながら古いパチンコ屋の角を曲がり、線路の高架下をくぐったところで、私は空を見上げた。駅前のタワーマンションのてっぺんに視線を添わせる。凹凸のないこの町には場違いすぎるシンボルだ。最上階からの眺めはきっとのっぺりとして、夜でさえ暗闇の中にてんでに灯る住宅のあかりは数えるくらいのものだろう。

それでも心は高揚した。

タワーマンションの根元で、私と陸斗は「高いね〜」「うん。たかいね〜」を何度も繰り返しながら、マンションエントランス内に入って行った。

三日前、姉との電話の後、パソコンのメールボックスを確認していると一通のメールが目についた。〝クレインローズ・ママの会〟という見慣れない送信者からだった。

開くと〝お申込み承りました〟という文字が色鮮やかなバラ柄の囲み枠とともに目に飛び込んできた。

場所　○○駅直結サザンガーデンマンション　最上階ゲストルーム。

九月二十七日、十三時より。

一品持ち寄り（なくても可）。子供のおもちゃ有。


訝しく思い、送信メール一覧を確認してみたが、こちらから何かを申し込んだ形跡はない。ただ、場所が最寄駅だし、内容からいってても当てずっぽうの迷惑メールだとも考えにくい。記憶を辿った末、きっとショッピングモールでのイベント時に記入したアンケート用紙のアドレスから来たのだと思い至った。

〝最上階の広いゲストルームで子供たちをのびのび遊ばせませんか？〟

〝ママ同士ワイワイ楽しく過ごしましょう〟

〝ママの悩みはママ同士で〟

という魅力的な文言に惹かれて、行ってみることにしたのだった。益美さんにはもちろん秘密で。

エントランスの装置で部屋番号を押すと、何も言わないうちにオートロックが解除された。

高速エレベーターは、陸斗の寝ぐせを直している間に最上階へと私たちを運んだ。臙脂色の絨毯につづく木製の扉。アイアン調の取っ手に指をかけた瞬間、自動でドアが開いた。思わず息を飲んだ。全面ガラス張りだ。遠くに富士山の白い頭が見えた。その景色と部屋の広さに私は感動していた。たしかに、ここでなら子供たちが走り回っても迷惑にはならない。

オーナーらしき女性が笑顔でこちらに近づいてくる。

「いらっしゃい！　水織さんよね。場所すぐにわかった？」

甘く鼻にかかる声につられ、「タワーはここしかないので」と愛想笑いで答えると、彼女は、そうねと笑った。

「私、友梨奈《ゆりな》っていいます。はじめまして。一応、この会のまとめ役みたいな感じ？　ささ、入って入って」

胸の高さで揺れる巻き髪。細い鼻筋に大きな褐色の瞳。ぷるんと濡れた唇。すらりと伸びた足。視線でなぞった。彼女もそんな私を真っ直ぐに見つめ返してくる。

「ヤダ。なんかついてる？」

そう言ってクスッと小首を傾げた。部屋の香りなのか、彼女から匂い立つのか、辺りには甘い香りが漂っていた。しばし見惚れたあとふいに我に返り、横にいたはずの我が子を慌てて探すと、陸斗より少し年上と見られる男の子に手を引かれて、すでに楽しそうに走り回っている。その男の子を真似てジャンプをしたり、戦隊ヒーローのポーズを決めたりしていた。そんな陸斗に見入ってしまう。毎日一緒にいるのに、見たことのないほど弾けた顔をしていた。こんな表情もするのだと素直に嬉しくなった。

ずっと子供同士で一緒に遊ばせたかった。だが地元の福井では近くに公園もなく、友人らはまだ新婚が多くて、その機会すらなかった。こちらに来てからは益美さんとべったりで言わずもがなだ。

広々としたフロアの真ん中に敷かれたプレーマットでは、陸斗と変わらぬ年の子供達がブロックや人形で遊んでいる。その奥には空に面したはめ殺しの窓があり、ソファには十名ほどの女性らがワインを片手に喋っていた。友梨奈さんのあとに続きソファへと向かう。

「それでね、この前、キャバ嬢の名刺を一緒に洗濯しちゃったのよ。だから、名刺にもアイロンかけて旦那の財布の上に置いといてやったの」

ぽっちゃりした女性が鼻で笑う。その瞬間、皆が一斉に「グッド！」と声を上げ親指を立てた。その勢いに、私は思わず友梨奈さんを見た。

「あ、これね。共感を伝え合う合図なの。よく自己啓発なんかであるでしょ。仲間意識も強まるし、リアルに勝るものはないっていう感じ？　ネットには絶対あげないってルールで」

あぁ、だからかと思う。いくら探しても会のブログやらツイッターが見つからないわけだ。

「そういう会だから、ヘビーな悩みもここでなら話せるの。水織さんも遠慮なく活用してね。吐き出すだけでもOK。それだけでスッキリするし。あ、口外禁止だから安心してね」

友梨奈さんがグラスを私に手渡し、ワインを注いでくれた。

「自己紹介がてら、水織ちゃんもいっとく？」

突然、親し気に名を呼ばれて戸惑いながらも「じゃあ……」と苦笑いでソファに座った。何度か咳払いし、「えと……姑が近くに住んでいまして」口を開いた。「なんというか、プレゼント攻撃に困ってます。会うとなにかしら持ってくるので」

まばらな相槌に、ソファにしずんだ尻のあたりがむず痒くなっていると、

「どんなものをもらうの？」

友梨奈さんは真摯な眼差しで私を見て、ふわりと微笑んだ。

「子供のオモチャとか。料理とか私の服とかも、ですかね……」

「わかるー、趣味が合わないものもらっても困るよねー」

白いニットの女性が深くうなずく。

「いえ、あの、雑誌に載ってる最新のものだったり、それはありがたいんですけど……」

もったいぶらずに早く先を言え、と言わんばかりに斜め前の女性が毛先を潰している。

「誕生日でもないのにです。私と陸斗を色んな所に連れて行ってもくれます。立て続けだから、あの、なんて断ればいいか……と悩んでます」

困惑を纏った空気感に、私は「以上です」と口をとじた。

誰も頷いてくれなくなってしまった。沈黙が刺さる。

「水織ちゃんはお姑さんのプレゼントや料理に困っているのね？」

「あ……はい」

かろうじてといった感じに、ぱらぱらと親指があがった。そりゃそうだろう。身内である姉にすら贅沢だと言われたことが、出会ったばかりの他人に伝わるわけがない。まして自慢にしか聞こえやしないだろう。私は急に恥ずかしくなりソファの脚のあたりに視線をおいた。

「分かるわ、水織ちゃんの気持ち。嬉しいと思っていても、毎回毎回だと重たくなってきちゃうわよね。心が縛られちゃうかんじ？」

友梨奈さんの一言で「それ、分かる〜」と親指が一斉にあがった。私は俯いたまま軽く会釈をした。彼女はちゃんと分かってくれた。うまく伝えきれなかった私の気持ちを掬い取ってくれた。

続けてレミさんという女性の悩み相談が始まったけれど、同窓会でワンナイトをしてしまった男性から脅迫されているというヘビーすぎる相談内容に、みんなが身を乗り出して聞いている。私も、「姑に料理を捨てられました」くらいに盛って話せばよかったのだろうか。そうすれば、こんな風に興味津々に聞いてもらえたのかもしれない。そんな事を考えながら、グラスをぎこちなく回して赤い液体を口に含ませた。

早くも、ここの仲間に入れるのだろうかと不安がよぎる。プレーマットの端に置かれたスピーカーから、子供向けアニメのテーマ曲が軽快なリズムで流れている。我が子はどうしているのだろうかと、目で探す。陸斗はマットの上で年の近そうな女の子とレゴを真剣に組み立てていた。そんな我が子をいつまでも眺めていたいと思った。

ふと視線をずらすと、マット横の椅子に女性がひとり座って携帯をいじっている。私はみんなに断りをいれ、ソファから立ち上がった。

「子供の見守りですか。あの、私、交代しましょうか？」

彼女は携帯を操作する手をピタリと止め、私を見た。

「本当にいいの？　助かる。実は私もワイン飲みたいなって思ってたの。でもくじ引きで黒丸引いちゃって。だって、やっぱりみんなと楽しみたいじゃない？　ここ、オードブルもお酒も全部、友梨奈さんが用意してくれてるのよ。特にパテをパイ生地で包んであるのが絶品なの」

友梨奈さんが全部？　この部屋に入り、アクセサリーの展示会のように綺麗にデコレートされたオードブルがテーブルに並んでいるのを見た瞬間、私は出しかけたタッパーを鞄の底に押し込めた。一品持ち寄りと記載してあったのを真に受けて、朝から張り切って一品作ってはきたものの、海老と大葉のレンコン挟み揚げじゃ夕飯のおかずではないか。出しても、余って持ち帰るのは目に見えていた。

「友梨奈さんのご主人のお仕事の関係で色々いただくみたい。家族三人じゃ食べきれないからっていつも持ってきてくれるの。だから誰も差し入れしなくなっちゃった。だって、ねぇ」

チラリと私を見やり同意を求めてから、続けた。

「それに彼女はカウンセラーの資格持ってるって。それで、悩みの多いママ達の息抜きになればと思ってやってるんだって」

「へー。すごいですね。友梨奈さんって」

社交辞令ではなく、予想以上に、この場所は母親たちにとってもオアシスなのかもしれない。それなら、なおさら皆に早く受け入れてもらわなくては。

「あの。私、交代したい方が出るまで、子供たちの見守り係やりますよ」

「本当に？　いいの？　みんな喜ぶと思う。友梨奈さんにも言っておくね。すごく助かる」

「いえいえ。お易いご用です。子供たちもお利口さんですし」

あーそれなら、と彼女は片手で髪を梳き、プレーマットに視線を移した。

「じゃあ、一時間ほどうちの子見ててもらってもいい？　ちょっと外に出たいの」

「え。ワインは？　皆さんと悩み相談しないんですか」

「ん、今日はいいや。ごめんね。あの黄色いリボンの子がうちの子。よろしくね」

彼女は自己紹介もせずに、さっさと出て行ってしまった。苦笑しつつも、まあ、いいや、と思いなおす。私一人ならば不安もあるが、十名も母親がいるのだ。女性たちの座るソファに視線をやると、ふいに友梨奈さんと目が合い「だいじょうぶ？」と口の動きだけで聞いてきた。微笑みを返したけれど、その直後、一斉に挙がった無数の親指で、彼女の顔は隠れてしまった。

「ね〜ね〜」

スカートを引っ張られ下を向くと、黄色いリボンの女の子が立っている。

「どうしたの？」

「ウンチ」

「トイレ行きたいの？」

「もう、でた」

え？　と思った瞬間、ものすごい臭いが漂ってきて、一瞬立ち眩みしそうになる。何故に、人の子の汚物ってこんなにも強烈なんだろう。我が子のはどうってことないのに。今すぐ己の鼻を叩き潰したい。息を止めて訊く。

「パンツの替えもってる？」

「もってない」

「じゃあ、おばちゃんとトイレ行こう。パンツ男の子の柄になっちゃうけど」

その間誰かに子供たちを見ていてもらおうと首を伸ばすけれど、ソファから啜り泣きが響いてきて声をかけられなかった。私は仕方なく女の子の手を引いてトイレに行き、彼女のおしりを拭き、水玉のパンツを手洗い用の液体ソープで軽く洗い、それをビニール袋に入れ、少女に陸斗のトレパンマンを穿かせた。タイル張りの壁の向こうからは、ママ達の楽し気な笑い声が響いていた。

「最近母さんと会ってないのか?」

茶碗蒸しを小さじですくい、洋ちゃんが訊いてくる。

「うーん。前にくらべたらね」

炊飯器からご飯のお代わりをよそいながら答えた。

「昼間母さんからメールがあってさ。〈最近、水織さんが返信くれないんだけど。楽しくやってるのかしら〉って、心配してるみたいだったから」

心配もなにも、週五が週二になっただけではないか。

「うちは会ってるほうだと思うんだけどな」

今日は久しぶりに私の作った料理だけが食卓に並んでいる。我が家が、なんの澱みもなく我が家だという気分になっていたのに、夫婦水入らずの会話にさえ益美さんが登場していた。

「そうだよな。いや、電話したら元気なくてさ。『私、水織さんに何かしちゃったのかしら。最近の姑って昔とちがうの。弱いのよ。私も、頑張ってるんだけどね……』とか言ってさ。一応、水織たちも忙しいみたいだよ、って言っておいたけど」

　責められているわけではなかった。ただ、洋ちゃんが咀嚼のペースを落としただけなのに、母と息子の間で私がなんとなく悪者になっているのではないか、という気分になる。

「お義母さんには、感謝してるよ。でも、りっくんもお友達ができて、楽しそうに遊んでるから。それが一番かなって」

　それに、と口ごもり、私は続けた。

「お義母さん、私たちの寝室に勝手に入ってるんじゃないかなって」

　嘘だ。というよりは不確かだった。ただ、〈デパートで可愛いベッドカバーを見つけたので、洗い替えに買っておきました。気に入ってくれたら嬉しい〉と、メールが来ていただけだ。けれど、それくらい言わなければ洋ちゃんの気持ちが全部、益美さんに向いてしまう気がした。ライバルを牽制する、中学生の恋愛のようだ。

　味噌汁の最後の一口を飲み込んで、洋ちゃんが深い溜息をついた。

　私はキッチンの調理台の上の水滴をキッチンシートで拭きながら思い出していた。

　あれは福井から友人たちが東京に遊びに来た日のことだった。

　夕方帰ってきて、私が玄関に飾っていた靴箱の上の一輪挿しのガーベラが、いつの間にかクリスタル製の花瓶に生けられたカサブランカに替わっているのに気がついた時、プツン、と頭の中で音が聞こえた。玄関のたたきに舞いこぼれた濃い黄色の花粉をフローリングシートで拭きながら、何かが切れる音に耳を澄ましていたら、どうしてなの？　と、急に気が遠くなってゆく感覚がした。カサブランカの花言葉はたしか〝雄大な愛〟。巨大化した益美さんの腕が、私たち家族三人を優しく包み込んでいる画《え》が頭の中で渦巻く。我が家の玄関で、大口をぱっくり開いたカサブランカの花が、「行ってらっしゃい」と「おかえりなさい」を、彼女の代わりに囁いているようだった。

花は私の留守中に替えられていた。友人たちと食事に行っている間に。

「せっかく遠くからお友達が来てくれるんでしょ」「私がりっくんを見ておくからゆっくりしてきなさい」「私も、息子と孫と水入らずなんてめったにないし嬉しいのよ」その返事は、当然、「ありがとうございます」だ。けれど、友人らは子供も楽しめるキッズメニューも豊富な遊具付きのお店を考えてくれていたらしく、結果、急遽大人女子会プランに変更させることになってしまった。

「全然いいよ。でも、りっくんにも会いたかったなー」

そう言われ、ごめんね、と私は謝った。謝ってはみても誰が悪いのだろう、と思う。責めるべき明確な相手がいない。そうなると、行き場を失くしたこの得体のしれないモヤモヤは必然的に自分のほうに向く。放たれぬボーガンの矢のように、静寂の中じっとこちらを狙っている。

私のせいだっていうの？

「まあ、仲良くやってくれよな」

洋ちゃんが食べ終わった食器を重ねた音でふいに我に返る。

「わかってるよ」

キッチンシートをダスターに捨て、答えた。

仕返しにもならない嘘をついても、大して気持ちは晴れやしない。

濃厚な香りを撒き散らすカサブランカの花粉が、あの日、フローリングシートを持った私の右手のカットソーの袖口を濃い黄色に染めた。何回洗剤で手洗いしようとも、花粉の濃い黄色は落ちなかった。私は心の中で強く矢をつかみ、益美さんに向けてぐいっと動かした。


私が刻んできた玉ねぎ。友梨奈さんが持ってきたイベリコ豚と中華そば。麻里子《まりこ》さんが刻んできたニンジン。乃美《のみ》さんが持ってきたキャベツ。ママ達がジップロックに入れてきた材料が、目の前のホットプレートに投げ入れられてゆく。それを囲むように子供椅子が並んでいた。

そしてママ達は、子供達を、食材でも投げ込むかのように気軽に預けていく。

ローズ会に参加して四回目。〝子供の見守り＝水織ちゃん〟が定着しつつある中、メンバーの双子ちゃんの誕生日会とやらで、私は焼きそばを焼いている。誰かが、子供達に出来立ての一品をふるまおうと提案し、お菓子やケーキやサンドイッチ、から揚げやらポテトが並ぶその横で、当然の流れのごとく私が焼きそば係になった。

「いつもありがとうね。みんな、感謝してるよ。ここでしかストレス解消できないってママ達ばっかりだから、水織ちゃんみたいに率先して子供を見ててくれる人がいると助かるのよね」

友梨奈さんに肩を触れられ、ソファに視線をやると、何の話題で盛り上がっているのだろう、酔ったママ達が手を叩いて爆笑していた。それを見て嬉しそうに友梨奈さんも親指を立てる。

「はは。大丈夫です。けど、おトイレとか子供同士のケンカの時は、その子のママにお世話してもらえると……」

「本当にそうね。子供たちが水織ちゃんに懐いてるから、みんな、甘えちゃってるのね。ちゃんと言っておくわね。みんな息抜きが欲しくてここにきているから、飲んで食べて、スッキリして帰ってもらいたいって思ってるの。水織ちゃん、ありがとうね」

「すごいですよね。友梨奈さんって。慈愛の精神がハンパないってゆーか」

「そんなことないよ。なにかあれば、いつでも言ってね」

優しい笑顔で親指をたて、友梨奈さんはソファの輪の中に戻って行ってしまった。

紙皿に残りの焼きそばをよそい、鼻水垂れっぱなしで私を見上げる男の子に紙皿を手渡した。

「君のママは、あっこではしゃいでるよ。鼻、拭いてもらいなよ」と呟いた途端、急に虚しさが込み上げてきた。

ワンピースのポケットから携帯を出すと、ふいに姉のことが頭に浮かんだ。

〈しんどい。東京しんどい。地元と変わらんくらい田舎のくせに〉

とぼやいてみる。携帯が緑に点滅し、姉からメッセージが返ってきた。

〈それって土地のせいか？　今から仕事なの〉

〈お姉ちゃんはいいよね。バカみたいに言いたい放題しても飄々としてられてさ。老人の相手してりゃお金もらえるんだもん〉

言い過ぎた、と、咄嗟に文字を消そうと指をのせた瞬間、送信ボタンを押してしまった。ヤバい。案の定、即レスがきた。

〈いい子ぶりっこ！　しんどいのはおのれのせいじゃ。返信不要〉

からの強制終了。うぅムカつく。子供の頃、友達とケンカすると必ず言われた私への文句。いい子ぶりっこ。あんたは成長してないという意味だろう。腹が立つ。でも、言い返せない。益美さんに向けた矢印が脳内でギュインと方向転換しかけた時に、太腿にトントンと手が触れた。

「ねぇ、おばちゃん。あっこでリコちゃんが吐いてるよ。いったげて」

スカートの裾を鼻垂れ小僧に引っぱられ、小さな手の指すほうに首を向けると、子供椅子に座ったリコちゃんが嘔吐していた。駆け寄ると、ぐちゃぐちゃの顔で声を殺して泣いている。床には焼きそばの紙皿がひっくり返り、プラスチックのフォークや紙コップがいくつも散乱していた。リコちゃんのママは？　そうだ。麻里子さん、麻里子さん呼ばなきゃ。

「すみません！　リコちゃんが吐いてます」

大声でソファに向かい叫ぶ。一斉にこちらに向いた顔の中に麻里子さんがいない。

「どうしたの？　あ、リコちゃん！　大丈夫？」

慌てた友梨奈さんが背中をさすりながら、タオルとビニール袋もってきて、と叫んだ。

「あの、麻里子さんは？」

「ワイン飲みすぎて寝ちゃってる。仕方ないのよ。旦那さん、投資で生活費使い果たしちゃって、子供の入園祝いにまで手をつけてたみたいで。辛いのよ。分かってあげて」

「いやいや。リコちゃん、めちゃ苦しそうにしてるんですよ。もう、どうしたらいいんですか！　てか、昼間からぶっ倒れるまで飲みます？　子供もいるのに」

「怒らないであげて。彼女はここでしか発散できないの。少しの間だけ自分になれる居場所なのよ。あ、ごめん、リコちゃんのゲロ、あそことあそこ誰か拭いといてもらえる？　ここではこういうことも丸ごと受け止めてママ同士協力しましょうよ。ね、水織ちゃん。いつもありがとう」

ありがとう――か。胸がふっと膨らみかける。いや、違う。そうじゃない。

「私、麻里子さん起こしてきます！」

と言った側で、誰かの「焼きそばが悪かったんじゃない？」という声が聞こえた。数名のママたちの顔が一斉にこちらに向いた。

「でも、材料は持ち寄りでしたよね」

とりあえず、麻里子さんを起こしてきます。と友梨奈さんにタオルを手渡し、ソファで鼾《いびき》をかき唸っている麻里子さんの肩を揺すった。

「麻里子さん！　起きてください。リコちゃん吐いちゃいました。麻里子さんってば」

重そうに薄目を開けて彼女がチラリとこちらを見る。くだくだと呂律《ろれつ》が回らぬ彼女を、それでも諦めずに揺すり続けると、

「触るなっ。私だってがんばってるの！　オマエのせいだ。オマエが……」

手を振り払われる。

「私、ご主人じゃありません。ってか、リコちゃんに聞こえてたんじゃないですか？　ママがパパの悪口言ってるの。てゆーか、自分の子供のゲロくらい自分で処理しろ！」

だらしなくソファに体を預け酩酊状態でエアー夫に舌打ちする彼女の胸に、リコちゃんの汚れたブラウスを押しつけた。眉をひそめながら麻里子さんが娘のブラウスで顔をごしごし拭いている。クサッ、と投げ返され顔面に当たった。もう、いやだ……。リコちゃんが心配そうにママを眺めている。小さなその手を引き、給湯室でリコちゃんの汚れた手と顔を洗った。蛇口から流れる水の音があたりに響いている。空っぽになりかけた私の頭上にも、ちょろちょろと水をかけられているような心地がした。

床に散らかった紙皿をポリ袋に集めている友梨奈さんに、とぼとぼと近寄る。

「やめます、会……。子供たちを遊ばせるって、確かにそうかもしれないけど、その傍らでママ達は家庭のグチぶちまけて酒飲んでる。自分の子供を他人に見させておいて。〝ローズ会〟なんて可憐な名前、誰がつけたんですか？　とにかく、私やめます。帰ろう。りっくん」

シンと静まった中、陸斗の手をひいて出口へと向かう。あのさあ、子供見ておきますって、あなたが自分から言ったんでしょ、と背中で誰かの声が聞こえた。何も答えられずに、荷物を肩にかけて部屋をあとにした。エレベーターの中で、陸斗がへの字口で「まだ遊びたい」と私を見上げてくる。今にも泣きだしそうな顔をして。

「ごめんね、りっくん」

せっかくできたお友達だったのに。私のせいだ――。

あれからローズ会からのお知らせメールは来なくなった。

連絡を取り合うようになっていたママ友とも、あの日を境にピタリと音信不通になってしまった。そんなものだよな、と自分を納得させる。益美さんからのウクレレ調のメール着信音が無性に胸に沁みた。少なからず今この瞬間は、私のことを想ってくれている人がいる。

それが、夫の母というだけだ――親でも友人でもなく。

余計なことを考えずに、素直に益美さんを受け入れていればあんな事にはならなかった。せっかく仲良くなれたお友達と、急に会えなくなるなんて悲しい思いを、陸斗にさせることもなかったのだ。

それでも、益美さんと会う回数は元に戻さなかった。

「私たち、母娘なんだから」鼻にかかった益美さんの声が耳を穿つ。

玄関のカサブランカの真っ白な花びらに褐色の傷みが目立ちはじめている。水替えをする気さえ起きず、捨てるタイミングを見計らっている間に花瓶の水は濁ってしまった。

「なんだか、教育されてる気がするのさ。私ならこうするわ、ちゃんと見ているのよって」

右手でノンボ人形をつかみ揺らした。

「そうだね。いちいち感謝もしなきゃいけないしね。たいへんだ〜」

左手のチャッピンの首が、うんうんと小刻みに動く。

散らかしたまま眠ってしまった陸斗の玩具を片付けながら、ぼんやりと窓をたたく雨の音を聞いていた。気がつけば陸斗のノンボとチャッピン人形を相手に独り言《ご》ちていた。

――私が育てたいくらい。

益美さんは前にそう言っていた。私、もうすでに育っているのに。

きっと義姉の晴美さんには言わない台詞だろう。言わない、じゃなくて、言えない。自立した女性だから。自転車には乗るな、などと無茶な約束をさせられた事もそうだ。限定色のスカートに鼻の穴を膨らませ、益美さんの申し出を受け入れた日に、ロックオンされてしまったのだ。なんて簡単な嫁だと。こんなことまで考え始めてしまう自分に嫌悪しながら、ノンボとチャッピンを玩具箱に投げ入れていると、玄関でチャイムが鳴った。時計は夜の九時半を過ぎていた。同僚と飲んでから帰る、と洋ちゃんからはさっき電話があったばかりだった。

益美さんだろうかとモニターを覗くと、知らない女性が映っていた。

「あ、夜分にすみません。小西《こにし》です」

「小西さん？　ですか」

「あの、友梨奈です。ローズ会の……」

慌てて玄関のドアを開けた。眉毛の薄い、ソバカスだらけの女性が、ボーダーのスウェットに濡れた髪をはりつかせて立っている。視線を伸ばすと暗闇に雨が描いた白線が斜めに走っていた。部屋の中でも雨音は聞こえていたけれど、こんなに大降りだとは気がつかなかった。

「ごめんなさいね。こんな夜分に」

「どうしたんですか？」

彼女を玄関の中へと促す。

「あの、タオルを返しにきたの。リコちゃんが吐いちゃった時に借りたタオル」

洗濯されたタオルを受け取ると、柔軟剤のいい香りがした。

「すいません、わざわざどうも」

そう告げて、暫く黙っていた。傘は？　と私が言いかけると、先に彼女が力なく呟いた。

「あの、ご迷惑なのは分かってるんだけど……ちょっと入れてくれない？　あ、でもご主人がお帰りよね？」

俯いたままで、濡れた頰を拭う。

「まだ帰ってきてません。いいですけど、本当にどうしたんですか？」

素足に履いた水色のスリッポンを脱ぎながら、靴箱の上のカサブランカに「いい匂い。綺麗にしてるのね」と微笑んだ。

「ちょっと……ね」

玉露を蒸らし、きんつばを小皿に置いた。夕方宅配ボックスに入れてあったものだった。

「じつは主人に追い出されちゃって。金の使い過ぎだ、って言われてケンカになったの。ローズ会の……」

差し出したバスタオルを受け取り、彼女が濡れた頰にあてた。

「え、ローズ会って。お酒とかオードブルって、ご主人の取引先からの頂き物なんじゃないんですか？」

友梨奈さんは、あぁ、そっか。そうよね、と困り顔で笑い、

「あれね、実は買ってるんだ。あなたはやめちゃったから言うんだけど。ネットで買って持ってきてたのよ。誰にも言わないでね」とゆっくり瞬きをした。

「え？　じゃあ割り勘にしておけば……」ざわつく心を悟られないように軽く笑う。

「そうよね。そうなんだけど……。だけど、そうしたら、みんなと同じになっちゃうじゃない。ローズ会の友梨奈さんじゃなくなるもの」

彼女の薄い眉毛がきゅっと縮んだ。知らない誰かと話しているような気分になった。

「そんなことないですよ。だって、友梨奈さん言ってたじゃないですか？　ママ同士で悩みとかグチとか言い合って、それだけでストレス発散になるのよ。って」

蒸らしすぎたお茶を湯呑に注ぎ、友梨奈さんの前に置いた。立ちのぼる湯気に何度か指先をくぐらせながら、彼女は下唇を軽く噛んだ。

「それだけで、毎回人が集まるわけないのよ。怜子さんみたいにカウンセラーの資格もってるわけじゃないし。癒しの瞑想なんて、私、できないもの」

「レイコさん？」

「ローズ会をつくった人。彼女はペットボトルのお茶一本でママたちを集めてたの。悩みをシェアして、彼女がぽつんと呟く言葉でみんなが癒されていたわ。優しい気持ちで家に帰ることができたの。でも去年、ご主人の転勤でカナダに引っ越すからってやめちゃった。『友梨奈さ

ん、ローズ会はあなたに任せるわ』なんて私に丸投げして。自分だけ女神のまま、いなくなっちゃった。そのくせ『最近はローズ会、どうですか。うまくいってる?』なんて、思い出した時だけ口出してくるものだから、私誓ったのよ。この人に負けないくらい、ローズ会をママたちにとってのオアシスにするって」

彼女は湯呑を両手で包んで息を吹きかけた。その湯気を追うように視線を上げると、リビングの小さな天窓に、雨粒が雨粒を引き連れて流れてゆくのが見えた。

「それで、お酒と高級オードブルですか?」

「怜子さんの時なんかよりも、ママたちが集まるようになったもの」

「それってどうなんですか。だって、友梨奈さんは金銭的に無理して、結果、旦那さんに家から追い出されちゃってるんですよ」

そうね、と途方に暮れたように私を見つめる。

「皆が慕ってくれて、羨望の目で見られて、ローズ会にいると満たされるのよ。あら、私よりも悩んでる人間がいるじゃない、って。可哀そうねって。心から思えるの。主人が東京本社から この町の管理部に異動させられた時、友達は私に『でも、がんばって』って言ったわ。都落ちねって憐れむような顔をして。私、都心から出たことがなかったの。水織ちゃんはどこ出身?」

「福井ですけど」

「じゃあ分かってもらえないね。この気持ち」

「まぁ、そうかもしれません。こっちに来るって決まった時、相当浮かれましたから。期待とは違いましたけど。だけど、ママ達のためじゃなかったんですね。私、友梨奈さんって凄いな、こんな人本当にいるんだなぁって思ってたから」

「嬉しいわ。そんな風に言われたくて頑張ってたから。だけど、それだけで身銭《みぜに》切るような人間っているのかな。自分にはなんのメリットもなく、人のために百パー動ける人っているのかしら？　マザーテレサだって一回くらい『ケッ。わたし何やってるんだろ』って思ったことあるかもしれないじゃない。水織ちゃんが、子供たち見ておくって申し出てくれたのだって、多かれ少なかれ自分のため、って部分があったんじゃないの？」

自分のため？　他人の子供の面倒を引き受けることが？　――そうだ。皆に気に入られたくて、自分から手を挙げたくせに手に負えなくなった。ダッシュで先回りした。きっと息切れすることは、どこかで分かっていたはずなのに。

私はこの不穏な空気をどうにかしたくて、

「ははは。まぁ、比べる相手の次元が違いすぎますけどね。だって、正直やってることは餌付けじゃないですか。あ、すみません」

冗談ぽく彼女をからかった。けれども、笑えないわね、とカーテンを見据えたまま彼女はお茶を啜った。

同じなのかもな、と思った。

私も友梨奈さんも、自分の座席を確保するのに必死だっただけだ。人のためにって仮面をつけて。ベージュ色のネイルで目を擦っている彼女を見つめた。自覚もなく強張っていた背中の芯が緩んでゆくのを感じた。

台所に行き、冷蔵庫から出した缶ビールとグラスを差し出すと、彼女は遠慮がちに親指を立ててはにかんだ。直飲みでいい、という友梨奈さんらしくない言葉が可笑しくて、私は笑った。暫くお互いに黙ったままビールを飲み、私達はそれぞれに思いを巡らせていた。炭酸の痛みが喉に心地いい。わずかに残った気泡で鼻の奥がツンとした。

ふいに、益美さんの顔が浮かんだ。

彼女もそうなのだろう。自分は誰かの重要な人間なのだと思うために、人として母としてまだ発展途上の私を、餌付けしていたのかもしれない。あなたたちのために、と耳に心地のいい言葉で餌を包んで。それだけが理由の全てじゃないことは分かっていても、何だか妙にしっくりきてしまった。他人の体に自分の一部をねじ込むような形になっても、誰かにとって特別な人間でありたい。そう強く願えば願うほど、自分の見たいものしか見えなくなる。

「疲れない場所、ってあるのかな」

友梨奈さんが呟く。

「ほんとですね」

首を傾げたまま天窓を仰いだ。雨粒が滑るように流れてゆく。

「なんかさ。私達って子供のこととは別のことばっかりで悩んでる気がする。体も頭も子供のためにと動いてても、結局は自分のことばっかり」

「そうですね」

「ヘンよね。ド田舎育ちのあなたと今一番分かりあってるんだから。すごくヘン。あ、この前のこと自分のせいだって思わないでね。ローズ会は遅かれ早かれ、どうにかなってたかもしれないから。多分だけど」

「はは。ド田舎って言わないでもらえません？　だけど、そうですね」

嫌みも友梨奈さんが言うと品が勝るから不思議だ。ボーダーのスウェットに眉なしの友梨奈さんがいつもの仕草で髪をかき上げた。

「あ、それよりお義母さん大丈夫？　ローズ会を辞めたこと、ちゃんと言ったの？」

「え？　なんのことですか」

聞き捨てならない言葉に、思わず声が大きくなる。

「だって、申し込んだのは水織ちゃんのお義母さんでしょ？　工藤《くどう》さんからの紹介で」

「知りません。え、どうゆうこと？」

「だって、うちは紹介しか入れないのよ」

瓦礫を詰められたように急に頭がグラつき始めた。こんなところにまで姿を現すなんて。どこまで私をコントロールしたいのか。私が嬉々としてローズ会に参加するのを、外野からひそかに様子を窺っていたというのか？　そ知らぬふりをして、いつか私がそれに気がついて「ありがとうございます！　お義母さん」と礼を言ってくるのを待っていたとでもいうのか？　なにがなんだか、私にはさっぱり意味が分からない。こうして友梨奈さんとビールを飲んでる事実を除いては、もはや、私は蜘蛛の巣にかかった羽虫みたいなもんだな、と冷笑するよりほかない。残りのビールを一気に飲みほしたその時、ウクレレのメール着信音が鳴った。

〈毎日、あなたたち家族の幸せを願っています。おやすみなさい〉

優しさ溢れる文面にはきっと微塵の嘘もない。それは分かっている。それでも私の右手は、ビールの空缶をじわりと握り潰していた。


陸斗の頬に残った日焼け止めクリームを伸ばしながら、マンションのエントランスを出た。昨夜の雨はコンクリートの小さな窪みに水を残していた。晴れているよ、と言ったのに、陸斗は新しく買った長靴を履いて公園に行くと聞かない。私はポケットから小さな鍵を出し、手の平にのせた。

「ママ、運転できる？」

水たまりに長靴を突っ込んで、バシャバシャと跳ねながら陸斗が訊く。こちらに引っ越してきてから駐輪場に置きっぱなしにしていた子供乗せ自転車の埃避けカバーを外した。私が地元で愛用してた車体の後部に、後付けで子供椅子を取り付けたものだった。

「できるよ。自転車なら大丈夫。ママはプロだもん」

「ばあばが、ダメっておこるんじゃない？」

小さくても大人の会話はちゃんと聞いている。カバーの埃が顔にかかってくしゃみが出た。その瞬間、背後から名前を呼ばれて振り返ると、益美さんが立っていた。

ゆっくりと目を見開いて私と陸斗を見つめている。

お義母さん――。

「どこかにでかけるの?」

「すみません。ローズ会の友梨奈さんとマオくんと公園に行くんです」

顔を見ずに、自転車に鍵を差し込んだ。

一瞬固まった表情をすぐに戻した益美さんが「そう。それなら歩いて行きましょうよ。約束でしょ」と口元だけで微笑む。

「ママはプロだよ。おこらなくてだいじょうぶだよ。ばあば」

私を庇う陸斗の声をかき消すように通り過ぎたトラックの轟音が、同時に益美さんの声もかき消した。けれど、唇の動きではっきりと読み取れてしまった。

うそつき。

「約束やぶるのね」

「はい。すみません」

「そう、あれだけお願いしたのに」

眉尻を下げて益美さんが微笑んだ。私は黙っていた。スニーカーの靴底に、濡れた枯葉がしっとりと貼りついて心地悪い。

「どうして。私はいつもあなた達家族のことだけを想ってやってるのよ。なのに、私のお願いは一つもきいてはもらえないのね」

「お願いは自転車のことだけかもしれません。でも、お義母さんの無言の要求にはちゃんと従っていました。分かってもらえないと思いますけど。だけど、感謝はしてます」

目を合わそうとしない私にたまりかねたのか、彼女は私に近づき、水織さん、と優しい声で肩に触れた。細い指先がとても暖かかった。

「もー、何言ってるの。仕方ないわね。ねぇ、本当に困った娘なんだから。手のかかる子ほど可愛いってこのことね」

見覚えのある深緑色の紙袋――。初めてもらった日と同じだった。益美さんは相変わらず慈悲に満ちた笑顔で、私を見つめている。けれど、その黒目の奥には不安とも憎しみとも呼べそうな鈍い光が宿っていた。

あぁ、と思った。一致した、と。

私はこれが欲しかったんだ。いつも自信満々に慈悲深い微笑みを絶やさない彼女の外側と内側が一致したのを、やっと見られたような気がした。

「いりません」私の一言に、益美さんの表情が固まる。陸斗が不安そうに私を見上げた。その小さな手をお守りのようにギュッと握った。

「あのね、水織さん。私はあなた達に喜んでもらうためにテンポラリーマザーまでやめたのよ」

益美さんが唇を歪めこちらを見据える。バングラデシュの女の子、メヘディちゃん。少女への寄付金さえも私たちに遣っていると言いたいのだろうか。それとも、自分の愛情の全てを私たちに注いでいるとでも言いたいのだろうか。脳が粟立《あわだ》つ。重い。重たすぎる。どうしてなんですか？　分からないです。頭の中で渦巻く言葉を、気がつけば私は発していた。

「私のこと、もう放してもらえませんか」

虚を突かれたように益美さんが目を見開く。そして、呼吸を整えるように、

「なに言ってるの？　あなた、なにもできないじゃない。まだまだ新米じゃないの、家事も子育ても。私がいなくちゃ、なにも……」

と動揺を隠すように淡々と言った。

「それが、お義母さんにとっての理想の嫁なんじゃないですか？　本当は」

何も出来ない嫁であれば、自分の存在意義が保たれる。前に彼女が言っていた、「私が育てたい」という言葉がその全てを物語っていた。そうすれば、陸斗さえも自分の思いのままに育てることができる。ずっと〝ママ〟でいられるのだ。私は益美さんをじっと見つめた。

彼女が自転車のサドルに触れながら、

「子供の時に、練習しておけばよかった。そしたら、こんな風にあなたと揉めずに、すぐに自転車で公園に行けたのよね」

と、寂しそうな目をして私を見つめ返してくる。そうじゃなくて、と思う。

「じゃあ、乗ってみたらいいよ、ばあば。うしろに乗ってごらん」

大丈夫だよ、楽しいよ。と、益美さんのベージュ色のスラックスを陸斗が揺らす。彼女はしばらく俯いていた顔を上げ、私を見た。「どうぞ」と言うと、陸斗に促された彼女が、後部の

子供椅子に恐々《こわごわ》と跨《また》がった。細身の益美さんの尻がすっぽりとシートに収まる。グッと持ち手に力を込めたのが伝わった。私の自転車の子供椅子に姑が座っている――傍《はた》から見れば滑稽だろうが笑えない。胸のシートベルトをしっかりとつけ、スタンドを蹴り上げると、振動と同時に「きゃっ」と、益美さんが小さな悲鳴をあげた。

サドルに跨り、力いっぱいペダルに体重をのせた。陸斗とは比べものにならないほど重い。エントランス前のひらけた敷地で、姑を乗せて自転車を走らせた。ペダルを漕ぐたびに太腿やふくらはぎに負荷がかかるのを感じた。マンションの住人の訝し気な視線がいたい。

「わかったわ。もういい。止めてちょうだい」

益美さんの指令を無視して、敷地をもう一周する。湿気を含んだ風が頬をかすめてゆく。後頭部で何度もゴクリと喉がなる音がして、私はゆっくり自転車を止めた。

「私が漕ぐには、お義母さんは重すぎて、これ以上は乗せられません」

半身振り返り、言った。そんな自分の声がとても冷たく聞こえた。

一瞬黙ってから益美さんの唇が動く。

「いいわね、あなたは。私が一番幸せだった過去の、真っ只中に生きれて」と呟いた。

子供椅子から降りて陸斗の髪を優しく撫でるその手の中指の付け根には、小さな黒子が一つ、盛り上がっていた。私の大切な人にもある――消えない、しるし。

陸斗を抱き上げ子供椅子に乗せる。

「私が陸斗のママである時間は、私だけのものです。あなたがかつて、幼かった洋ちゃんのママであったように」

私はサドルに跨って振り返り、彼女に深く頭を下げた。

ペダルを踏み込むと、心地良い軽さを感じた。きっともう友梨奈さんたちは公園に着いているだろう。スピードを上げる。握ったハンドルの親指を、反るほど強く立ててみた。

soir rouge《ソア・ルージュ》

「私ね、濡れたのよ。信じられる？」

耳元でそう言うと、田《た》城《しろ》真《ま》紀《き》が私の手に優待割引チケットを握らせてきた。

「まだ通って二回目なんだけどね、濡れたの。広田《ひろた》さんに、足首に触れられただけで」

年甲斐もなく赤らめた頬を隠すように、彼女は両手で自分の頬を包んだ。そんな真紀を思い出しながら、風呂上りの手の平に余った美容液を首筋にも擦りつける。食卓に行き、私は置いていたショルダーバッグからチケットをつまみ出した。

いい年をして、なにを言い出すかと思えばだ。私達はもうすぐ還暦を迎える。

つけっぱなしのテレビからは、サプリの通販のＣＭが繰り返し流れている。数ヶ月分注文してみたけれど、このＣＭのシニアモデルのような肌の張りも艶も得られなかったので先日解約したばかりだ。目を細めて手元のチケットの小さな文字を見る。老眼鏡はまだいらない。そう思いつつもやはり対象物を遠ざけないとピントが合わない。

「男性の施術のほうが効果も出やすいらしいんだけど、私は『LUNE』にしたの。女性セラピストのほう。だって、広田さんに悪いでしょ……」

そう言って真紀は、首を竦《すく》めてはにかんでいた。

二店舗共通の優待割引チケットなのだろうか、『SOIRÉE』と『LUNE』と書かれたマゼンタ色の文字の下に、初回三十分無料とあり〝～貴女の癒しがここに～〟という文言とQRコードがある。未だにスマホを使いこなせずにいる私はQRコードの読み取り方が分からず、ネットでLUNE、セラピスト、と打ち込み検索した。HPを開くと白衣を着た女性セラピストの顔写真と短めの紹介文が載っていた。我が子ほど年の離れた彼女たちに、硬くなりかけたあの部分を晒し、丁寧に揉みほぐしてもらうのだそうだ。情けないったらない。

私はごめんだ――そう思いながらも、微かな焦燥感がうずいた。〝ふんわり、ふっくら、柔らか膣〟そんな謳い文句に失笑する。なにがふんわりふっくらよ、まったく。パンでもないのに。きっと例のサプリと同じだ。更年期をすぎた女性は何につけても金になる、と言われているようで気が滅入る。真紀が通い始めたのは、どうやらこの『LUNE』という膣の活性化に特化した女性セラピストのいるサロンらしかった。

濡れたのよ、足首に触れられただけで――真紀がそう言った時、いつもの調子で「もー、やだ。ちょい漏れしただけでしょ？　私もこの前あったわよ。お風呂から上がったら彩乃《あやの》が突然帰って来てたもんだから、びっくりして」などと冗談にして返してしまったことを後悔していた。いつもならケラケラと笑う彼女が、瞼だけを軽く引き伸ばし、私から視線を逸らした。

指がスマホの画面右斜め下の『SOIRÉE』のリンクに触れる。

タップした瞬間、若い男達の写真が目に飛び込んできた。顔の一部がぼかされた煽情的な雰囲気にカッと顔に血がのぼり私はすぐにタブを閉じた。なんだって急に。こんなものに手を出すなんて。

真紀と出会ったのは十五年ほど前だ。

子供の中学のＰＴＡ活動のランチ会で、いつもより元気がなかった彼女の皿に、子供に分けるようにそっと自分のフィレ肉のカツレツを一切れ置いた。そんな些細なことがきっかけで、子供達が巣立った今でも彼女とだけは付き合いが続いていた。同い年ということもあり、今となっては何でも言い合える友人になった。

今日も昼前から二人で電車を乗り継いで、雑誌に載っていた老舗洋食店まで足を延ばした。十五年も続いている月一回の二人だけのランチ会だ。

「最近、なんか体調がね」

「そうなの？　大丈夫？」

席につくなり真紀がこぼした一言に、急に不安になる。もしかして当日のキャンセルに気が咎め、無理に付き合ってくれているのだろうか。行きの電車の中では、なにを食べようかな、と楽しみな様子でいたから気がつかなかった。

「もしかして、また張って痛いの？」

「ううん。それはもう大丈夫。落ち着いてきてる」

出会った頃に見つかった子宮筋腫を手術で切ろうかと真紀は散々迷っていた。だが、幸いにも医師の言葉通り、年齢による女性ホルモンの減退と共に筋腫も彼女の子宮の中で徐々に萎んでいっているらしい。「もし手術をするなら、ついでに子宮も取ったらどうですか？　ご年齢的にも癌の抑制になりますし」と気軽な口調で医師に言われたことに、ひどく腹を立てていた彼女を思い出す。

「ごめん。心配するわよね。実は旅行に誘われたのよ。広田さんに。たぶんそのせいで食欲ないのかも。今から緊張してても仕方ないんだけどね。北海道だって」

「なによ、それ。良かったじゃない。え、それって付き合おうってことよね？」

「うん、多分」

「へえ。すごい。で、何泊？」

「……三泊四日」

へえ、すごいわね、と莫迦《ばか》みたいに繰り返しながら心の中を何かがかき混ぜてゆく。三泊四日の意味するところは、つまり、そういうことだろう。一度だけ彼女に紹介してもらった広田修《おさむ》の顔を思い浮かべた。白髪混じりの髪がやけに上品に見える男だった。茶飲み友達だということ、数年前に妻と別れたこと、六十八歳だということだけは聞いていた。

真紀はバゲットを一口サイズに千切りながら柔らかく微笑み、時折、気にするように首筋をさすっていた。首のシワは消えないのよと、四十代の頃に教えてくれたのは彼女だったはずなのに。

「それでダイエットってわけ？」

私が訊くと、

「今さら体型うんぬんをどうにかしようなんて思ってないの。そうじゃなくて……」と少し言い淀んだあと、「膣活って、こんなに効果があるんだなぁと思って」と声を潜めて言い、恥ずかしそうにすぐさま水の入ったグラスで口を塞いだ。もともとの彼女の気質だと分かっていたけれど、そのしぐさがいつもより大袈裟に見えた。男が絡むと女というのは友人すら斜めから見てしまうことがある。年を重ねようと、不思議とそれは変わらない。

「膣活？　なによ、それ」

「え、知らない？　膣のためのマッサージ。血流が良くなったり、ゆるみの改善にいいのよ。他にも色々いいみたい」

膣活。初めて耳にしたその言葉に戸惑いながら「へえ」と私は呟くしかできなかった。

「レーザーだと痛そうだし、すごく高いのよ。だから、マッサージに通うことにしたの。というか、もう行ったんだけどね」

声のトーンを戻し、真紀が肩をすくめた。

私達の会話は、周りの雑談や店内に流れる音楽のすきまに聞こえる分には、初老女達の腰痛や肩こりのマッサージ事情だっただろう。だが、まるで違う。真紀は閉じてしまった女の部分を、ふたたび蘇らせるべく、自ら未知の世界に手をのばしていた。羞恥を超えても、得たいものなのだろうか——もうすぐ孫も生まれるというのに。

「膣活もいいけど、真奈美《まなみ》ちゃんには広田さんのこと話したの？　真奈美ちゃん、妊娠後期なんでしょ。旅行なんて行って大丈夫なの？　里帰り出産したい、って言ってるんでしょ」

ほんの一瞬だが阻《はば》みたい、と思ってしまった。広田との旅行がきっかけで、これまで築いてきた私と彼女の関係が今までと変わってしまうのではないか。そんな気がした。

「うん。だから、あの子には北海道から戻る日の翌日に帰るように伝えているの。広田さんのことは、赤ちゃんを産んで落ち着いた頃に言うつもりでいるから」

私が諦めかけていたものを、彼女は同時に二つも手にしようとしていた。

娘の彩乃はカメラの仕事がやっと軌道に乗り始め、今は恋愛どころではないらしい。

子供達が自立したら、女二人で誰に気兼ねすることもなく、旅行やお稽古をめいっぱい楽しもうねと事あるごとに話していた。社交辞令の軽い口約束ではなかったはずだ。未来の一部に恋愛や結婚や出産が見え隠れしている、二十代や三十代の女子の言葉とも違ったはずだ。私達はその全てを終えている。

長年連れ添った最愛の夫が、自分の元から去ってしまった経験さえも。

洋食店を出たところで優待チケットを手渡された。なにこれ、いらないわよと拒むと、彼女は、いいから、と私のショルダーバッグに半ば強引にチケットをおしこんできた。

会計時にふとついた私の溜息を、彼女はきっと違う意味に捉えたのだろうと思った。

生活に馴染んだ使い勝手の良いキッチンを見回しながら、自分だけが肩透かしを食った気がして、私は優待チケットをくしゃっと丸め、指の爪で弾いてテーブルから落とした。

捨てられなかったのは何故だろう。

心の中ではその理由を知りながら、今さら何をどうしたいというのだ、と今朝から自分に問いかけてばかりいる。焼き上がったばかりのクロックムッシュとベーグルを陳列棚に並べながら、一年前にできた斜め向かいの社交ダンス教室に目をやる。ガラス張りのスタジオでは、夫婦には見えぬ男女が互いの体を密着させて踊っている。慣れなのだろうか、それとも、一線を越えたからだろうかと素人の妄想が膨らんでしまう。ガラスや通りに隔てられていても、彼らの体温や迸《ほとばし》る汗の匂いがこちらまで流れてきそうだ。私は深く息を吸い込んだ。変わらぬ天然酵母のパンの香りに安堵して鼻をこすった。

ドアベルの音が鳴る。

「すみません。チョリソーカレーパンってまだありますか?」

若い男性客の声だった。

「ああ、ごめんなさいね。この時間はもう売り切れちゃってないのよ」

そう言うと、彼は残念そうにトレーを取り、重そうな布製のトートバッグが肩からずり落ちないように体を傾けながらクロックムッシュをのせた。学生だろうか。

「あんパン、持ってく?」

「え、マジすか。金欠だったんで助かります。友達がここのパン屋のおばちゃんは気前がいい、って言ってたんすよ。ラッキーでした。ありがとうございます」

「いつもじゃないんだからね、今日は特別。これ食べて、勉強がんばるのよ」

「うっす。あざす」

いかにも気のいいパン屋のおばちゃんらしい返事をしておきながら、今の私は、〝パン屋のおばちゃん〟という顔しか持っていないと、ふいに思う。〝母の顔〟は彩乃が帰省した時だけでいい。〝妻の顔〟は五年前に突然奪われ、〝娘の顔〟はとうの昔になくした。

他にはどんな顔を持って生きてきたのだったろう。思い出そうとするけれど、思いつかない。ガラスの向こうで頬を紅潮させて踊る彼女達や、広田との旅行のために膣活をはじめた真紀にはきっと取り戻そうとしている顔がある。その顔欲しさに、彼女たちが今まさに必死でもがいていることは確かだった。


夕食は筑前煮ですませた。彩乃が帰ってくると言うから味が染みるよう前日から作っておいたのに〈ごめん。やっぱり仕事で帰れない〉とメッセージが入っていた。今頃、真紀は広田さんと北海道にいる。

見たい番組もないのにテレビをつけた。パンツ一丁のお笑い芸人がぬるぬるした床の上でひたすら滑っている姿に思わず笑った。「くだらない」と独り言ちながらも噴き出してしまう。ローションまみれの芸人のおかげで今日も笑えた。出がらしの茶葉が入った急須に湯を注ぎ、再びテレビに目を向けるとCMに切り替わった。女児の姿の人形がテレビ画面いっぱいに映し出された次の瞬間、初老の女性が人形を愛おしそうに抱きしめ頬ずりしている。心臓がぎゅっと縮んだ。老人用の自動音声付人形で、挨拶から詐欺防止の注意喚起までしてくれる代物らしい。なによ、これ。こんなものまであるの……くだらない。今度は声にならなかった。必要な人間がいるからこそ創られたものだろう。それが分かっていても、莫迦にされているようで無性に虚しくなった。

ただ、テレビを見ているだけなのに、こんなにも感情の振り幅が大きい自分に嫌気がさす。こうなってしまったのは、いつからだろう。これ以上、もう年をとりたくない。

ふいに壁の古い家族写真に目をやる。夫はあの頃の姿のまま時を止めていた。「弥衣子《やいこ》、いつもありがとうな」「今日のエビチリも格別だなぁ。僕は幸せもんだ」と言っていたくせに。いつからか不在の日々が増え、とうとう我が家には帰って来なくなった。頰の涙に気がついた瞬間、スマホが鳴った。とっさに頰を拭く。真紀だった。見れば、ラインのビデオ通話になっている。

〈もしもーし。あ、映った？　おーい〉

真紀の顔が画面に映った。嬉しくて自然に頰が緩む。

私は画面の中の彼女に手を振った。

「映ってる。映ってる。そっちはどう？　美味しいものたくさん食べてる？」

〈食べてるわよ。それよりも、見て見て、じゃーん〉

くるりと画面が切り替わり、真紀の顔が消えたと同時に、煌びやかな夜景が小さな画面の中に広がった。

〈ほら、ね、綺麗でしょ。弥衣子さんにも、どうしても見せたくなって〉

函館の夜景だった。湾の形が街の光で象られ輝いている。真紀の計らいが素直に嬉しかった。

恋人といる時でさえ友情も大切にしてくれているのだと。〈どう？　見える〉その声に少し顔を近づける。だが、画面内のガラスに反射した人影で、そこが展望台ではないと知る。思わず目を凝らした。「綺麗ね……」と呟きながら、私は、僅かな角度でガラス越しに重なり映り込む、広田の姿とクイーンサイズのベッドを茫然とした心地で眺めていた。ホテルからの夜景だった。

私ね、濡れたのよ——。

頭の中で真紀の声がこだまする。

あのあと、何度か自分の中心に触れてみた。けれどそれは、綿のショーツでも逃がしきれなかった体温による湿気で、私の身体の奥から滲み出たものではなかった。

長年の友人が、女に戻ってゆく。

この夜をきっかけに私達は違う人生を歩き始めてしまうのだろうか。

〈ねぇ、弥衣子さんってば。聞いてるの？　お土産なにがいい〉

画面の中の真紀に声をかけられ、我に返る。

いつの間に画面が切り替わっていたのだろう。

「え、ああ。ありがとう。うーん。なんでもいい。北海道はなんでも美味しいから」

普段と変わらぬ他愛のないやり取りをしてからビデオ通話を切った。私はしばらく動けなかった。スリープ状態の黒いスマホ画面には、これから繰り広げられるはずのあられもない真紀と広田の姿が無声映画のように流れていた。

食卓の椅子に座りチケットを眺めながら、私は珍しく売れ残ったチョココロネに齧りついている。手を拭き、スマホをスクロールする。

あれから何度もＨＰを開いていた。

私は真紀のように相手ありきではない。だから、女性セラピストを眺めるのは違う気がした。いくら膣を柔らかくしてもらおうが、それを共有できる相手がいなければお金と時間の無駄だ。喉の奥にある空気の塊をぐっと飲み込む。

『SOIRÉE　ソワレ』――男性セラピスト。ソア。年齢三十六歳。好きなこと、世界の家具を見に行くこと。年上の女性。好きな食べ物、肉。オーナーから一言、ソアの優しい笑顔に癒されてみませんか。年配の女性でも安心して彼にお任せください。

『SOIRÉE』のソア。一度覚えたら、忘れられない源氏名だと思う。私の年と二十三歳も差がある。それでも彼はここの最年長らしかった。ただそれだけの理由で彼の紹介欄を隅々まで眺めた。口元に薄っすらとぼかしがかけてあるが、少し垂れた目が優しい印象だ。スクロールして別のショットを見ると横顔で微笑む写真だった。くせ毛風のパーマのせいか年齢よりも若く見える。

気がつけば彼の紹介ページを眺めるのが日課となって二週間が過ぎていた。迷いながら、ただ眺めているだけだ。口コミ欄には、絵文字のない落ち着いたコメントが多い。それだけで客の年齢層が高めなのだと想像できた。そして、彼のサービスを利用している女性が現実にいることが、日を追うごとに心に落ちていった。

私も会ってみようか。たった一度だけの事だ。遠慮する相手など誰もいないのだから。でも、だけど――そんな堂々巡りにももう飽きてしまった。試さない理由を並べ上げ、いくら逡巡したところで試してみたいと思っている自分がいた。一度日常を逸脱するくらい別にたいしたことではない。素肌をすべて晒すこともない。アロママッサージだけなら、整骨院のオプションメニューと何ら変わりやしない。駅前の整骨院なんか二十代の若い男性スタッフばかりではないか。

北海道みやげに真紀からもらった地ビールを冷蔵庫から出し、グイッと一口飲んだ。

これで酔って予約してしまったと言える。いったい誰に？　真紀にも報告するつもりはなかった。ビールを一気に飲み干してしまうと頭がグラついた。そんな自分自身に呆れながらも、けれど、ましてや、お金を払って男性と触れ合うなど、それほど由々しき事なのだと自分に言い聞かせる。酩酊し始めた勢いのままに予約フォームを開き、予約名に「ヤイコ」と入力する。初回コースにチェックを入れ、私は送信ボタンを押した。

壁の時計が、深夜二時半を指していた。


大理石の入口が印象的な喫茶店の前で待ち合わせをした。

ソアから指定のあった昭和レトロな店だ。ブームなのか、思いのほか若者客が多かった。創業年数が私の年と同じだと後で知った。

私は斜め向かいの薬局の前で彼が来るのを待つことにした。

ここからなら薄いブルーのニットが現れるのを遠目から確認できる。待ち合わせ場所や当日の服装を知らせるメールのやりとりは、好感の持てるものだった。

〈了解しました。僕はペールブルーのニットで行きます。明後日の天気は、午後から少し雨みたいですね〉〈もし僕を見てお好みでない場合は、一度であれば交換可能です。無理せずおっしゃって下さい〉〈それでは、当日暖かくしてお越しください。ヤイコさんにお会いできるのを楽しみにしています〉

もし写真とかけ離れた別人のようだったり、実際の彼の雰囲気が如何にもといった感じの輩《やから》風であればそのまま帰ろうと心に決めていた。そんな気掛りの傍らで、彼のほうが私を見て逃げ出すのではないかと懸念していた。「年上の女性」が好きとプロフィールに書いてあったところで、二十歳以上も年上だなど彼からすれば想定外だろう。こちらが値踏みしようだなんて厚かましいにも程があるのに——私は、ベージュのショールを軽く巻きなおした。腕時計をしきりに触ってしまう。さっきから二分しか経っていなかった。行きつけの美容院でブローしてもらった髪を手ぐしで何度も整える。

再び喫茶店の入口付近に視線を伸ばすと、淡い水色が目に飛び込んできた。大理石のアーチをくぐり外へ出てきた若い男に視線が止まる。彼だ、と思う。

喫茶店の中にいたのだろうか。そう思った瞬間、遠くから目が合った。すぐに逸らし、視界の隅で淡い水色をとらえる。もう一度、横目でちらりと見ると、こちらの様子を窺うように遠慮がちに彼が軽く会釈してきた。写真で見たままの笑顔にほっとして、私も会釈を返した。彼がこちらに歩いてくる。

「あの、もしかしてヤイコさんですか？」

名前を呼ばれ、「はい」とすぐさま答える。

「よかった。そうじゃないかな、と思って見てました。早く着いたので」

彼が喫茶店を指さした。ふいに微笑まれ、心臓が鳴る。私の行動の一部始終を見られていたのだと思うと消えてしまいたい心地がした。

どうぞ、と差し出されたテイクアウト用の紙コップからはコーヒーの香りがした。これを買いにわざわざ喫茶店に入っていたのか。私のために。接客の一環だろうと思いながらも素直に嬉しかった。彼が背中の大きなリュックのチェストストラップをふいに外し、

「あ、コーヒーで大丈夫でしたか？　初回七十分ってあっという間なので、ホテルまで行きながらお茶も兼ねようと思って」

と微笑んだ。「ああ」と頷きながら、ありがとう、と礼を言い両手でカップを受け取る。一口頂き、歩き出した彼に続いて私も歩いた。

「あ、あの、どうして私だと分かったの？　薬局の前にいたのに……」

会話をしなければ、という焦りと同時に、単純に訊いてみたかった。

「あぁ。初回の方は大抵あそこで待っていらっしゃるので。そりゃ、どんな男が来るんだ、って怖いですよね。分かりますよ。それに、黒いニットにベージュのショールって、案外目立っ

てましたから」

なんか、すみません。と笑って謝られ、「いえ。こちらこそ」と不筋な返しをした。

ソアは写真の空気感をそのまま纏って私の前に立っていた。写真ではぼかされていた口元には、笑った時にだけ小さなくぼみができ、俯いた時にうっすらと二重目蓋が見えた。傍から見ればきっと誰もが親子と疑わないだろう。並んで歩き相槌のたびに彼を観察した。紙コップに沿ったしなやかで長い指の節が膨らんでいる。あともう数十分もすれば、私は、あの手に触れられる――一瞬呼吸が乱れ、目蓋を閉じようとした瞬間、私の目の前に彼の手が差し出された。

「ここでいいですか?」そう問われ、顔を上げる。駅から一筋入った路地にあるラブホテルだった。HPで予約手順は読み込んでいたが、初対面の若い男と平日の昼間にこんな場所にいる自分がひどく憚られた。今頃になって後悔が押し寄せる。

「このホテルはわりと品があるんです。壁紙もウィリアム・モリスなんて使っていて、僕は好きなんです。カブリオールレッグの椅子も置いてあったりして、いい雰囲気なんですよ。気に入ってくれるといいんですが」

躊躇《ためら》う私の手が差し出されるのを待つように、彼の手の平がこちらを向いている。

そっと触れるように彼の手を握った。彼の手のぬくもりが手の平から腕へと迫《せ》り上がってくるのを感じながら、今しがた出会ったばかりの男の手に引かれてゆく私は今、どんな顔をしているのだろうとぼんやり思った。

三〇三号室のドアが開く。彼の言葉通り、モリスの果物柄の壁紙とアンティーク調の家具が、この手のホテル特有の淫猥さを打ち消していた。少しほっとする。ここであれば、コーヒーを飲みながら語らい終えても不自然ではない気さえした。

「素敵なホテルね。その、つまり……そういうホテルには見えないわね」

振り返ると彼の姿がなかった。返事もない。彼の背負っていたリュックはソファ横に置かれたままだが、急に不安になり入口横のドアの隙間をのぞいた。彼は湯船にお湯をはっていた。湯船に手を入れて温度を確かめている。そんな男の背中を初めて見た。夫は自分で風呂を入れたことなどなかった。サービスだと頭の中では分かりながら、不覚にも愛おしさが込み上げてくる。

「ヤイコさん。バスソルトなんですけど、カモミールとラベンダーどっちがいいですか？」

私に気がつき振り向いた彼が、備え付けのバスソルトの小袋を二つ掲げてみせる。

「ありがとう。でも、私は入らないから。あなたが好きなほうを選んで」

「だめですよ。風呂から上がってからがスタートなので。きまりです。どっちですか？」

「じゃあ、ラベンダー。でも、ごめんなさい。私はやっぱり入れない。あなたが入っている時に、おしゃべりするのはどう？　私は、ドアの前に座ってるから」

「……それは、僕ではダメだという意味ですか？　それとも一緒には入れないという意味ですか」

ふいに切なげな目で見つめられとっさに首を振る。

「……一緒には、入れない」

張りを失った肌や垂れさがった胸を晒す勇気はない。それならばなぜ予約したのだと、あの夜の自分に言ってやりたい。ただ真紀が羨ましかっただけだった。函館の夜景に重なる男性の影に、私の知らぬ真紀に変わってしまいそうで怖かった。私一人を置いて彼女だけ女に戻ってゆくのが耐えられなかった。それだけだった。

「分かりました。じゃあ、ヤイコさん先に入って下さい。その間にアロマの準備しておきますから」

曖昧に頷きながら、私はソアの入れてくれた湯船に浸かった。ここから出れば何かが始まる。一人では広すぎる浴槽の中で、私は身を縮めていた。弛んだ横腹の皮膚が疎ましい。

風呂から上がり、水気の残る体に備え付けのボディローションを塗り、バスローブを羽織った。照明が落とされた室内に、気が遠くなるほど甘い香りが漂っていた。


陳列棚の奥に並んだパンを前方へと引き出してゆく。

朝からパンの置き方ばかり気になって仕方がない。私はクロワッサンのトレーを下の段に置き直した。何かに集中してないと昨日の出来事が脳裏に蘇ってしまう。私の背中の上をぬるりと滑ってゆく彼の手の温もりがまだ消えない。

酵母の香りの中で、こうして忙しなく手を動かしている今でさえも——。

あれからバスローブを腰まで引き下げられ、薄明りの中で私は背中の肌を晒しベッドに横たわった。凝っている箇所を訊かれ、うつぶせのまま首だけで振り返ると彼の裸の上半身があった。張った若い肌に思わず目を伏せた。太く逞しい腕に眩暈がした。その瞬間、オイルの残った私の背中に彼の胸が重なり、肌を重ねたままゆっくりと動き出した。

「ちょっと……まって」

拒みながら、背中の皮膚だけが溶けてゆきそうな感覚に陶酔していった。全身の力が抜けていた。抗えないほど彼の体温は優しかった。うつぶせのまま固く目を閉じながら、私の肌に触れるソアの顔を目蓋の裏に浮かべた。時折、尻にあたる硬さに眩暈がして泣きたくなった。

「……すみ、ません」

ソアが囁くように謝る。

謝る必要なんてない。こんなにも年の差のある女に、一瞬でも反応してくれた彼が愛おしくて堪らなかった。それだけで、もう十分だったはずなのに。

サラリーマン風の若い男性客が、トレーとトングを持ちチョリソーカレーパンに手を伸ばした。トングを摑む筋張った指に見入ってしまう。いつもなら愛想を振りまきながら「焼きたてで美味しいわよ」と声をかけるはずが黙ってしまう。年甲斐もなく何を意識しているのだろう。情けない。そう自分を叱咤しながらも、やはり、心はソアを求めていた。

もしも今この瞬間、彼が他の女に触れていてももう一度会いたい。慰めにでもこんな初老の女に反応し、身体の一部を硬くしていた彼にもう一度だけ触れたい。他のセラピストを試すなど私の選択肢にはなかった。早番の仕事をもっと入れてもらえるよう、オーナーに頼んでみようか。そうすれば、夕方からの彼の予約が取りやすくなる。

会計をすませ、客の帰った店内で、エプロンのポケットからスマホを出しソアのページを開いた。待ち合わせた喫茶店の紙コップが、木製のサイドテーブルに置いてある写真があがっていた。日付は、昨日だった。


橙色を帯びた間接照明が、笑み割れた果実と皮の間に流れこむ蜂蜜のようだ。

「モリスのこの壁紙って、女性の体を果物にたとえているように見えませんか？　ほら、これ。胸と乳首にしか思えない。ほらこれも」

三〇三号室のベッドに横たわりながらソアが壁を指さす。

言われてみると、どの果実も枝のしなりさえもそう見えてくるから不思議だった。

熟れ過ぎてぱっくりと割れた果実は女性の秘部のように艶めかしく、ネクタリンに似た果実は尻の曲線にも見える。私は彼に腕枕をされながらまどろんでいた。週に一度、ソアとの時間を買うようになって一ヶ月が過ぎようとしていた。

「うん。そうね、見えなくはないかな」

全体的に眺めれば、やはり壁中を覆うようにたわわに実った果実だ。それなのに、もぎ取って噛りつきたい衝動には駆られない。

「ほら、あの実がヤイコさんのここで……」

ブラジャーの上から胸を触れられ、身を捩った。恥じらいの素振りを演じているわけではない。ワイヤーに支えられていても、重力に逆らえずにたわむ胸を彼に触られるのは、どうしても憚られた。彼に背を向ける。私の前に予約していた女性は三十代だと聞いた。答えるのに躊躇っていた彼から無理やり訊き出した。さぞかし弾力があり瑞々しく美しかったことだろう。金の絡んだ疑似恋愛だと忘れるほど、柔らかで抱き心地が良かったことだろう。ふと思う。彼女の肌に触れながら、ソアの下半身は暖かく張りつめただろうか。

「ヤイコさん、どうしたんですか?」

ソアに訊かれ、私は微笑んだ。

「残りは、あとどれくらい?」

「まだ大丈夫ですよ。今日は三時間ご予約していただいているので。あ、マッサージの続きをしましょうか」

背中に濡れた唇が押しつけられた。少しずつ唇を下に移動させてゆく。尻の前で一瞬とまり、後ろから彼の手が伸びてきて鼠径部を撫で始めた。ソアの指先は鳥の羽のようだと思う。私の陰毛を縁取るようにゆっくりと往復してゆく。再び背中に唇が這う。時折触れる舌先に気が遠のいてゆく。このまま永遠にまどろんでいたい。ソアの若く逞しい腕の中に永遠に埋もれていたい。夢と現実の狭間でピクリと体が動く。彼の指が私の中心に触れていた。あぁ、とくぐもった女の声が脳の奥に響いた。ヤイコさん……触ってみて。迷霧の中、彼の声が漂う。「ヤイコさん、ほら、ここ、触って。自分で触ってみて……ほら」彼の手に導かれ、太腿の奥に自分の指が当たる。

「ほら、濡れてるよ」

耳元で囁かれ自然に自分の指が動いた——濡れてる。安堵で溜息がこぼれた。私にもまだ残っていた。涸れてしまったと思い込んでいた水源をソアの指が探り当てた。

「……は、ふふ、濡れてる」

息と共に笑みが洩れる。ソアの指は動きを止めずに、ゆっくりと私の中心をなぞり続けている。その度に、腹の奥のほうからじんわりと滲み出る熱い水にすべての神経を集中させた。痺れが末端へと伝う。忘我に身を任せながら、気がつけば私は彼の手を強く摑んでいた。動きを止めた指が私の中心へと進んでゆく。いとも簡単に手さぐりで熱の在処をあてられ、私は小さな悲鳴を漏らした。

「……もう、やめて。おねがい」

「ほんとうに、やめます？」

ソアの指が一定のリズムで私の膣を刺激する。耳介を咥えられ水気のある音に鼓膜をかきまわされ、彼の指が身体の中で小刻みに動き始めた。あられもない喘ぎ声を壁の果実が弾き返す。私の小さな耳朶《じだ》に彼の舌先が入ってきた瞬間、背筋が震え、私は年甲斐もなく泣いていた。恍惚に抗えず若く逞しい胸に埋もれながら、私は果てた。

夫と離婚し娘も自立してしまってから、私の存在する意味が時々分からなくなる時があった。けれど、私の奥深くに眠っていた懐かしい渇望を彼が目覚めさせた。髪を撫でられながら、再び女に戻れた今死ぬのも悪くないとさえ茫然と考えてしまう。この感覚のまま死ねば、女のまま私の人生は終わる。かぐわしいアロマの香りに浸りながら、私はおぼろげに浮かび上がる壁の果実を眺めていた。

「ね、普段は何のお仕事してるの？」

腕枕をされたまま首を向けると、ソアは寝息を立てていた。無理もない。本業をこなす傍ら、今日のような平日の休みや仕事帰りの時間を使った副業だと聞いている。

彼の寝顔を眺めながら、ふと思う。

私は私の全てを彼に晒していても、彼のことは何一つ知らない。本名さえも。急に虚しさが込み上げてきた。虚像のプロフィールなどではなく、一つでいいから本当の彼が知りたい。そう思うと自分を抑えられなかった。

彼が目を覚まさぬようゆっくりとベッドから抜け出し、ソファの背もたれにかけてあるズボンをつかんだ。膨らんだポケットから財布を抜き取り、静かに開ける。カード入れに免許証の端がのぞいていた。手が震えた。ゆっくりと引き上げる――桝本直哉《ますもとなおや》。昭和六十年　十二月二十日生。すぐさま戻そうとするが、後ろのカードが邪魔をして入らない。二枚重ねて入れ直そうと焦る手でもう一枚のカードを一度引き上げると、名刺だった。

〃(株)ハービス　○○ショールーム　桝本直哉〃一瞬、呼吸が止まる――彼の名刺だ。長い間入れっぱなしだったのか端が折れ曲がっている。私は免許証だけをすかさず財布に戻し、名刺を自分のハンドバッグの側面のポケットに滑り込ませた。彼のズボンをソファの背もたれに元通りに掛け直し、よろめきながら再び彼の眠るベッドに戻り静かに横になった。寝返りをうつふりで体勢を整える。

「あ、すみませ……寝てしまって」

その振動で彼が目を覚ました。

「大丈夫よ」

罪悪感がないのが、自分でも不思議だった。

「……ヤイコさん、なにか話しかけてくれてました?」

少年のように目を擦りながら言う。胸の内側から込み上げてくるこの可笑しさは何だろう。寝ぼけ眼の彼の表情が可笑しいのか、それとも別の理由だろうか。

私は彼の柔らかな髪に指を差し入れながら、

「ふふふ。ううん……、ただ、ソアはどうしてこの仕事をしているの? って」

と言い微笑んだ。

「あぁ。いつか自分の椅子を創ってみたくて。そのために、貯められる時に貯めておこうと思って。本業もいつかは辞めようと思ってます。ガエターノ・ペッシェというイタリアの家具デザイナーの椅子に、女性の肉体を象徴した椅子があるんです。それがとても美しくて……でもその椅子、鉄の球に見たてたオットマンと鎖でつながれているんですよ。長い間、家庭や、あと、性的にも女性を閉じ込めてきた男性の罪が表現されているとか。見た目は丸くて赤い可愛い椅子なんですけどね。その背景を知った時の衝撃が忘れられなくて。僕も、女性を癒せたらと……なんとなく、そう思ったんです」

そう、と私は答えた。わずかな点が一本の線になる。

「それなら、その夢に私も少しは貢献しているのかしら」

「もちろんですよ。ヤイコさんは特別な女性ですから」

彼が神妙な面持ちで俯いた。頭の中ではリップサービスだと分かりながら〝特別な女性〟という言葉だけが私の中に侵食してゆく。

「嬉しいわ」

彼の胸板を優しく撫でた。首筋の小さな黒子を指で押しながら、ふとこの体に他の誰にも触れてほしくないという欲気が疼いた。私だけのソアでいて。そう思った瞬間、爪を立て素早く引いていた。「痛っ」小さな悲鳴が聞こえた。

「何するんですか。ヤイコさん」

彼が目を見開く。

「あ、ごめんなさい。本当にごめん……どうしよう」

彼の滑らかな肌に短くて赤い傷ができていた。

何度も何度も謝りながら、胸の中は言葉にならないほど満たされていた。他の女性客にこの傷のことを訊かれるたびに、彼はどんな言い訳をするのだろう。その時のソアの脳裏には私の姿が一瞬でもよぎるだろうか。今この瞬間の出来事が、彼の中で自動再生されるのだろうか。

「あぁ、もう、びっくりした」

夫にも過去の男達にも、こんなことをした事は一度もなかった。愛しいと思う反面、金で買っているのだからという酷薄さに揺らいでいた。

「ヤイコさん、酷いな。なんで笑ってるんですか?」

「やだ。笑ってないわよ」

「笑ってますって。こわいなぁ」

「こわいなんて言わないで。ちゃんと爪切るから……」

拗ねた少女のように言ってみせる。そんな私を見てソアが心底呆れたように笑った。彼の優しい笑顔に偽りはなかった。身勝手でもこのじゃれ合いに悦びを感じていた。始めの頃は年齢のせいで勝手に感傷的になっていた。けれど今は、私に女の喜びを蘇らせた彼のことがただ心から愛おしかった。

「しょうがないですね。もうしないでくださいよ」

彼の大きな手が、私の頭の上で軽く弾んだ。

「うん。しないわ」

「今日は、濡れましたね……綺麗でした。ヤイコさん」

アロマオイルでぬるつく彼の指が私の指に絡みついた。腹の奥で血管が波打つ。

「あなただって……」

と言いかけて止める。

あなただって……?

心の中で反芻する。彼のペニスが硬くならなかったことに、たった今、気がついてしまった。

今日だけじゃない。思い返してみれば、その前の時もそうだった。体調もあるだろう。他の女性客に触られ射精する日もあるだろう——金銭のやり取りがあるということは、つまり、ソアを共有する限りそれを客同士が互いに許容しなければならない。微かな妬心が脳に絡みつく。初めて予約した日、確かに彼の硬いペニスが私の尻に熱を伝えていた。彼を誰にも触らせたくない。きっとこの先ソアのような男は現れない。

　私に触れたこれまでの男達の愛撫は、彼ら自身のための単なる助走だった。今だからわかる。何より私には時間が僅かしかない。つい先月までのような、マッサージを受けるだけで精一杯だった私はもうどこにもいなかった。誰よりも近くでソアの夢に寄り添いたい。桝本直哉という男の人生に一時でいい、私の居場所がほしい。他の客が踏み込めない領域で彼を支えたい。ベッドから上体を起こし、ストライプのシャツに腕を通す彼の背中を眺めながら、私はぼんやりとそんなことを思っていた。

〈私も、濡れたわ〉

真紀にラインを送ると、すぐに携帯が鳴った。

「もしもし、弥衣子さん。やだ。ちょっと、どういうことよ」

興奮した彼女の声だった。

「ん？　どういうこと、って、そのままの意味よ」

リモコンでテレビを点《つ》けながら言う。適当にチャンネルを変えながらバラエティー番組で止め、リモコンをローテーブルに置いた。

「やだ。相手はいるの？」

「まあ、ね」

「え、どこで知り合ったの？　わかった。パン屋のお客さんでしょ」

矢継ぎ早に質問され、私は可笑しくて笑った。

「違うったら。ね、そうだ。真紀さん、明日午後から空いてる？」

「うん、空いてるけど」

「行きたいところがあるの。付き合ってくれる」

「パン屋は？　お店は大丈夫なの」

「うん。明日はお休みだから」

その時にじっくりと訊くからね、と真紀はからかうように言った。

真紀に明日の待ち合わせ場所を告げ携帯を切ったあと、買ったばかりの口紅の箱のフィルムを剝がした。


スマホのアプリ地図はどうも苦手だ。家であらかじめプリントアウトしておいた名刺の住所の地図を片手に目的地に向かった。

「ここ？」

ガラスの自動ドアの外から中の様子を窺う素振りをし、真紀がこちらに顔を向けた。曇り一つない大きな窓ガラスと生き生きとした鮮やかな観葉植物が、店の外観を明るく整えている。

「うん、多分」

深呼吸をして、看板の〝ハービス〟の文字を確認する。入口から中を覗き見ると、平日の昼間ということもあり店内は閑散としていた。

「多分ってなによ。家具を買いに来たかったの？　なんだ。それならそうと言えばいいのに。もったいぶるんだから。さ、入ろう」

自動ドアが開く。自分から誘っておきながら、真紀の後ろに続いて店内に入った。真っ先にユニークな形の赤いソファが目に飛び込んでくる。この店のコンセプトが一目で分かる商品だった。真紀は「すごい。お洒落ね。こんなソファが置けるような家に住みたかったわ」と、すかさず腰掛けて質感を確かめるように座面を撫でまわしている。そして、はしゃいだ様子で立ち上がり「イタリア製で、二百五十万円だって」と小声で言った。

その金額に、場違いなところに来てしまったかもしれないと気もそぞろになる。それでも家具と家具の間に、ソアを、桝本直哉の姿を探してしまう。

「ねぇ、なにを探しにきたのよ？　買い替える物なんてあるの」

そんなものはない。今家にある家具はマンションの間取りに合わせて選んだものばかりだった。

「うーん。そうね。椅子、かな……」

「え、そうなの？」

独り身なのに新たに椅子が必要なのかと言わんばかりの目で私を見た。古いから、と適当に返しながら視線を動かす。

あ、いた――。

無数のダイニングテーブルの中で、バインダーを片手になにかを確認しているスーツ姿の彼を見つけた。ふいに呼吸が浅くなる。ダイニングセットを眺めながら、店員を探しているふりで、彼のいる方へと足を向けた。真紀はベッド売り場のほうへ歩いていった。

「すみません、あの、椅子を探しているんですけど」

客の声に反応した彼がバインダーから顔を上げ「はい」とこちらに視線を向けた。目が合う。接客用の笑顔が、一瞬固まる。視線を泳がせ気まずそうに唇を軽く噛んだ。私は偶然とでも言うように目を見開き彼に目顔で会釈した。これは偶然なの。私はただ、お洒落な椅子を探して家具店を巡っていただけだ、そう脳内に呪文をかける。

「あ……こんにちは。ここで働いていたのね。やだ驚いたわ。素敵な椅子が欲しくて色々見て回ってるの。お友達と」

真紀のいるベッド売り場に首を向けた。彼が黙って頷く。

「ご案内、します」

彼に続いて歩を進めた。

いつもの匂いがする。ホテルで嗅ぐ彼の首筋の香り――スーツの袖口からのぞく筋張った手を後ろから強く掴みたい衝動にかられる。ソア、と胸の中で囁いた。

「あ、えっと。どんなテイストのものをお探しですか?」

日常のあなたを垣間見たかっただけ。それくらい別にいいじゃない。だって——。

「三〇三号室、みたいな」

小声で言う。彼の頬がピクリと動いた。どう反応するのが正解かを自らに問いかけているように舌先で頬の裏を押している。なんて愛らしいのだろう。「アンティーク調ですか。素敵なお住まいなんですね」といかにも店員風の受け答えをし、再び彼が歩き始めた。

「すごい偶然ね」

囁くように言ってみる。

「……はい、まあ」

彼は落ち着かない様子でバインダーを小脇に抱え「こちらはいかがでしょうか?」と濃いブラウンの木目が重厚なスツールの横に立った。

「素敵ね。それより、今日の夜も予約しているのにこうして昼間も会ったわね」

「そうで、すね……」

暫く沈黙が続いた。

学生の時に連絡先も知らない男子学生と何度も出会うことがあった。喫茶店、駅の階段、書店。ふらりと一人で訪れた旅先で出会った時に運命だと確信し、私のほうが彼に夢中になった。

「もー、弥衣子さんったら探したわよ」

肩を叩かれ我に返る。彼も一瞬ぴくりと肩を動かしすぐさま真紀に会釈をした。私も彼も口を開かない。二人の間に流れる空気を察したように、真紀が私の横顔を見つめる。

「弥衣子さん、どうしたの？」

真紀の言葉を遮り「これもいいけど、もう少しデザイン性のあるほうが面白いかも」と伝えた。状況が飲み込めないと言わんばかりの真紀の視線が私の頰に刺さる。

「デザイン重視でしたら、そうですね、こちらはどうですか。体の線に合わせて緻密にデザインされたカーブに高い評価がある椅子なんです。弓形のパイプをずらせば寝る角度も自由に変えられます。それから……」

彼の説明を最後まで聞かずに、

「これにするわ」

と財布からクレジットカードを取り出し、彼の言葉を待った。

「……あ、ありがとうございます。でも」

「いいの。これにします」

目一杯の笑顔で言う。では伝票を作って参りますので、こちらにご記入をお願いします。

そう言うと彼は落ち着かない様子でバインダーの紙を一枚捲り、胸のボールペンと共に差し出してきた。ペンを摑む。ジャケット越しに温められたペンから彼の体温が伝わる。彼自身から発せられた熱だ。伝票を作りにフロアから彼が立ち去ったのを確認した真紀に、

「弥衣子さん、どうしたのよ……」

と再び問われ、私は黙った。黙っていることがその答えだった。

「やだ。まさか……嘘でしょ」

私は彼女を見つめた。私、濡れたの——その相手は彼。若くて素敵でしょ？　それが伝われば嬉しい。真紀は呆れたように口を開いた。

「いくつなの？」

「三十六よ」

「信じられない。騙されてるんじゃないの？　でも、どうりで。口紅のせいで華やいで見えるのかと思ってた」

「騙されてなんか、ないわ」

それは事実だった。

「だって、家の雰囲気と全然ちがうこんな変な椅子まで買ったりして。ここの茶色と白の素材って毛皮？　なんか動物みたい。それにすごく高そう。こんなに大きな長椅子どこに置くの？ソファもあるのに」

「置けるわ。ソファを壁側に寄せたら置ける」

「今は一人暮らしでしょ？　それに、弥衣子さんの家の雰囲気と全然ちがうよね」

真紀の言う通りだった。でも、だから何だと言うのだ。夫も娘もいない今の家に何を置こうが私の勝手ではないか。何にお金を使おうと、誰のために生きようと、そんなこと他人にとやかく言われたくない。

「真紀さんなら、わかってくれると思ったのに」

「わかるよ。わかるけど、もっと年相応の」

彼女の言葉を遮る。

「嫉妬してるの？」

桝本直哉は自分のものではない。それなのに、こんなセリフが口から出るのは何故だろう。あなたがくれた優待券から予約したセラピストなのだと、どうしても言いたくない自分がいる。俯瞰して見ているはずが、私の口は止まらなかった。

「あなたの相手は六十八歳で、私の相手が三十六歳だから？」

その言葉に真紀が顔を歪ませた。そして心底悲しそうな目で私を見つめた。

「違うでしょ。どうして？　嫉妬なんかしてないわ。心配してるのよ」

諭すように優しく彼女が言う。

「私だって心配してたわよ。広田さんとのこと。でも、ちゃんと認めてるじゃないの。真紀さんが好きになった人だから」

未来は分からない。誰にも。出会い方は歪《いびつ》でも出会ったことには変わりない。私はただ、せめて真紀には認めて欲しかった。恋に年齢なんて関係ないと言って欲しかった。「二人とも女ざかりね」などと冗談を言いながら笑い合いたかった。

「広田さんと一緒にしないで。彼は私を本気で愛してくれているの。私も同じ気持ちよ。どうしてわからないの？　遊ばれてるのが……。いい金づるとしか思われてないよ」

訴えかけるような彼女の眼差しを見つめながら、愛？　と思う。都合よくどんな姿にでも七変化するそんな言葉をこの期に及んで出してくるなんて。濡れた、と嬉しそうに報告してきたくせに説得力がまるでない。数年前、愛など信じないと散々嘆いて慰め合ったではないか。「前のご主人は？　家では散々『愛してる』と言いながら、よそに女つくって出て行ったじゃない。十歳も年下の女と」

言ってはいけない言葉だったと、すぐに気がつく。

ごめんなさい、と咄嗟に詫びたが真紀はそれきり私とは目を合わせなかった。十五年付き合ってきてこんな不毛な口論は初めてだった。しかも、男が理由で。

「……ごめん。私、先に帰るね」

足早に去ってゆく真紀の背中にかける言葉も見つからず、我が家には不釣り合いなデザインの長椅子の前で私は茫然としていた。

近づく足音で、彼が戻って来たことに気がつく。

「お待たせしました。配送のお日にちなのですが……」

彼の言葉が一瞬止まる。「あの、大丈夫ですか？」心配そうな彼の声だった。顔を上げられない。

「ヤイコさん、お友達は？」

「もう帰ったわ」

名前を呼ばれ顔を上げる。つと、彼の日常の世界に足を踏み入れたような気持ちになった。〝桝本直哉〟の世界で名前を呼ばれた。『SOIRÉE』の女性客の中でやはり私は特別なのだ。ソアという仮面を外し、桝本直哉という一人の男に名前を囁かれた今、確信に変わった。

胸の高鳴りを覚える。

――ヤイコさんは特別な女性ですから。

あの日のソアの言葉が耳に蘇る。彼の言葉に嘘はなかった。もう誰からもそんな風に言われることはないと諦めて生きてきた。私の中に冷たく眠るもう一つの渇求が疼き出す。

私は開けきらない目で彼を見つめた。たった今傷つけてしまった友人への悔悟と、目の前の男への思慕が入り混じっていた。

「僕とのことをお友達に話したんですか？　僕のせいですか」

友人が帰った事を察したように彼が問う。私は首を横に振った。

彼はほっとしたように営業用の口調に戻し、

「もし考え直したいようでしたら、他を見られてからでも大丈夫ですよ。大きな買い物ですから」

と優しく微笑んだ。

「いいえ。買います。これが欲しいのよ」

バインダーを受け取る彼の手に腕を伸ばし、指先で軽く触れた。数秒間、見つめ合う。

少しはあなたの夢に貢献できているかしら。仕事の業績にも少しは役に立てたかしら。

数時間後、あのホテルの三〇三号室で私達は今までとは違う関係になっているかしら。

そんな微かな熱情を指先に込める。

「ありがとうございます。それではお手続きを致しますので、こちらへどうぞ」

バインダーが引かれ、彼の指先が離れた。彼は目を合わさない。甘美で密やかな戯れに眩暈がする――もう前戯は始まっている。数時間後には彼の大きな手に触れられ辱められ、再び、私は女に還るのだ。先に歩き出す彼の背中を見つめながら、膣の奥が収縮するのを感じた。


浅い微睡《まどろみ》の中に息遣いが響く。

夕暮れをさかいに降り始めた雨の音は、窓のないこの部屋に入った途端消えた。消えた雨音の続きのような、くぐもった女の喘ぎ声が壁を打つ。自分の声ではないようだった。橙色の照明に濡れた果実を掴もうと手を伸ばすけれど、彼の唇が私の中心に吸いつき離さない。体中の血液がそこに集まっているようだった。声にならない声で名を呼んだ。それはソアなのか、それとも桝本直哉なのか、霞む意識の中では顔のない匿名希望の男でもあった。彼の舌先が私の奥から水を手繰り寄せる。

「あぁ……やめないで」

叫びに似た声がする。

彼の柔らかな髪を指先全部でかき混ぜながら私は泣いていたのかもしれない。それさえも自覚できないほど恍惚に溺れていた。やめないで、やめないで……魂を奪われ無になった体に、貪欲な牙をむく女が取り憑いたように。つと彼の動きが止まる。

ふいに顎を下げて見れば、憫笑を含んだ彼の上目遣いの瞳が私を見上げていた。じらしている。微かな憎しみが湧く。

「やめないで、って言ってるでしょ」

私の言葉を無視し、彼が自分の頭から私の片手を剝がし指を口に含んだ。素早く指を引いた拍子に彼の頰に爪があたる。血が滲んだ。「痛っ。もう、またですか?」彼の顔が歪む。

「これは、わざとじゃないわ」

彼の表情がわずかに固まる。

「これは、って。じゃあこの胸の傷は? わざとだったんですか」

胸のみみず腫れをなでながら彼が問う。

「……」

乱れて顔にかかる自分の髪を黙ってかき上げた。だって――と喉の奥で言う。

「だって、勃《た》たないじゃないの。他の客には見せてるくせに」

自分で言いながら、そうだっただろうか、と思う。彼が勃起したのはたった一度きりだったと気がついたのは、濡れた喜びに気が触れて彼の肌を引っ搔いた後だった。どうして? と理由を聞かれても言葉では言い表せない理由がある。けれど、もはや、私にはそんなことはどうでもよかった。体の奥から溢れ出てくる水を今度は塞《せ》き止めて。あなたの一部でその責任をとって。深い快楽へと導いてほしい。それしかなかった。

「ねぇ。私にも入れて。いいでしょ」

掠《かす》れた声で彼の肩を撫でた。

「ヤイコさん……なに言ってるんですか?」

戸惑いを隠せずに、彼の眉根が寄る。

「他の客にはしてるんでしょ? 例の三十代の若いお客には勃起したペニスを触らせてるのよね? それって不公平よ。ついでに入れてるんでしょ?」

「それは、ないです。規則ですから」

「ぜったい嘘よ。私だってお金払ってる」

「ヤイコさん。落ちついて。本番行為はないんです」

諭すような優しい声には騙されない。

「信じない……じゃあ今ここで見せて。見たいのよ。私が初めて予約した日、あなた硬くなったペニスを私に押しつけてきたじゃない」

彼の顔色が変わり視線が逸れた。

「すみません……今日は、持ってないんです」

「何をよ」

「……薬、です」

苦渋の滲む彼の声だった。悲し気な彼の瞳が私を射る。

「初めてのお客さんの時には、そうするようにしているんです。そのほうが、喜んで頂けるので。時と場合により、ですが」

嘘でしょ? 彼の目を茫然と見つめながら、白け始めた脳内に無音が広がった。あの日私の体に触れた硬い彼の一部は、彼の意思とは関係のないところで、強制的に形を成していたものだったというのか。たった十数センチの彼の一部に陶酔し、彼を愛おしく思った私は——。寄る辺なさが虚脱感を引き連れてくる。それでもなお、私の太腿の間は、自ら溢れた水と彼の唾液でしっとりと濡れたまま、滑稽にも熱いなにかを待ちわびている。

「いくら払えばいい？　十万円？　それとも、さっき買った長椅子と同じくらいの値段ならいいの？　すごく高かったわ」

嫌味を込めて言う。言いながら、ただ、虚しかった。もう諦めなさいよと頭の中で声がする。その声をかき消すように、一度だけ、一度だけでいい、私には時間がないの。と貪欲な牙をむき女がむせび泣く。

「どうして、来たんですか？　うちの店に」

微かに疑心を秘めた目に見つめられた。

「だから、たまたまよ。ネットの評価を見たから、寄ってみただけ」

「……そうですか」

「いけなかった？　本業のほうにも貢献したはずよ」

「はい……ありがとうございます」

アロマオイルのジャスミンの香りと静寂の中、思い立ったように彼はベッドから出た。彼の乱れた髪が顔にかかり表情が見えない。ソファ横に置いてある大きなリュックの前にしゃがみ込み、彼はローテーブルの上に何かを並べ始めた。私は体を起こし、ベッドの上からそれを茫然と眺めた。大きさも形も様々な、男性そのものの擬態が丁寧に並べられてゆく。

「なによ、これ……」

思わず呟く。

「これは、千円になります。で、これが千二百円です」

「どういうこと?」

「……オプションです」

この中から選べと言っているのか。私の体の中にこれを突っ込めというのか。激しい悲憤の波が押し寄せて来た。莫迦にしてる。私はベッドから右腕を伸ばし、太いピンク色の玩具を摑んで壁めがけて強く投げた。その拍子に、静寂の中、ウィーンと機械音が鳴った。

「ヤイコさん、きまりを守って遊んでください」

「……特別だ、って言ってたじゃないの……ヤイコさんは、特別ですって」

彼は黙っていた。きまりを守って遊んでください——まるで幼い子供にでも言い聞かせるようだ。機械音のほうを見ると、私が投げた男の擬態が、ピンク色の巨大な芋虫のように床の上で体をうねらせていた。笑いが込み上げてくる。私はふらつきながらベッドから降り、ソファ横にある彼の重たいリュックを摑み、ベッドの上にどすんと置いた。

彼の表情が固まる。一瞬開きかけた口を結び、得体の知れない何かを観察するように彼はじっと私を見つめていた。その視線に構わず、リュックの中に手を入れ、次々と中身を取り出してゆく。初めて目にする形の女性用の玩具に一瞬ひるみ、それでも、彼の周りをぐるりと取り囲むように丁寧にそれらを並べ続けた。最後に出てきた赤いロープを彼の首にかける。

「あなたも、これと同じ。高価な玩具みたいね」

彼への愛おしさを消してしまいたい。とことん嫌な女になりさがれば、少しは楽になれるだろうか。

「……」

「こんなモノを詰め込んだリュックを背負って、平然と街を歩いているのね」

「……はい。仕事ですから」

滑稽な姿のまま、彼が淡々と答える。そんな彼の姿を見つめながら、気がつけば、私は声を殺し泣いていた。私が求めていたもう一つの顔は、これだったのだろうか。

「愛してるの」

涙で滲み、彼の顔がかすむ。

「……愛、なんでしょうか」

彼が静かに呟いた。

それなら、あなたの言う〝特別〟の意味は?

訊ねる勇気も持てぬまま、まるで壁紙に上塗りされた絵画のように、表情をなくした彼の横顔を目蓋の裏に焼きつけた。

パン屋のガラス窓からは、相変わらず身を寄せて踊る初老の男女の姿が見える。夕陽の差し込む店内で、私は空のトレーを布巾で拭きながらそれを眺めた。

あれから三週間が過ぎようとしていた。

もう二度とソアに触れられることはない。その決意にも似た諦めとは裏腹に、身体の中心が疼くたびに彼の姿が脳裏に浮かんだ。一人では満たすことの出来ぬ淫靡な疼きの源だけを掘り返したまま、彼はいなくなった。いまだに執着心は消えない。せめて、ありがとう、とだけ伝えたくて通常の予約枠からではなく、問い合わせ先に電話をした時に、彼が『SOIRÉE』を辞めたことを知った。入れ替わりの激しいこの世界では普通のことらしい。

それでも諦めきれずに、長椅子の配送日時の変更を理由に、彼の勤め先に電話をかけたけれど、直接配送業者に転送されてしまった。

散々逡巡したすえ、再びハービスに足が向いた。

声をかけたバインダーを小脇に抱えた年配の男性は、彼の上司らしかった。

初老の私にはなんの疑いの目も向けずに、

「あぁ、あの長椅子を購入してくださったお客様でしたか。ありがとうございます。桝本でしたら、先日退職いたしました。夢への目標額が貯まったと言って、数日前に新たな人生の一歩を踏み出しましたよ。いやぁ、若いっていいもんですね。元々優秀な営業マンだったので、こちらとしてはもっと頑張ってほしかったんですがね」

と気さくに話してきた。

彼の夢を応援していた気持ちに偽りはない。微々たるものだったとしても、私の買った椅子も彼の業績に加わったに違いない。そのせいで、とまでは言わない。けれど、彼はいなくなってしまったのだ——胸の中にできた空洞の深いところで、水の滴る音がした。

その数日後、配送業者に変更を頼んだとおりの時間に、奇抜なデザインの長椅子が届いた。我が家にあるどの家具とも釣り合わない。郵便物を片手に帰って来た彩乃が「何これ。どうしたの?」と長椅子を見て目を見開いた。どう答えればいいか分からず、「気分転換に」とだけ答えた。呆れた顔で彩乃がチラシをテーブルの上に置いた。その中に紛れた薄ピンクの封筒に目が留まる。手に取り差出人を見ると真紀だった。連名で広田の名も書かれてある。婚約パーティーの招待状だろう。もし、嫉妬していたのは私のほうだったと言ったら、彼女はいつもの調子でまた笑ってくれるだろうか。もう少しだけ心が落ち着いたら電話しようと思った。「幸せになってね」と伝えるために。

長椅子に座ってみた。スカート越しに滑らかな毛の感触がした。今となっては、彼の残影をこんな形で自分の住処にまで招き入れたあの日の自分を蔑むよりほかない。

彼が私にもたらした深間の疼きは、私の人生から、二度と消えることはないだろう。

「すみません。パン残ってますか?」

ドアベルと同時に、学生風の青年が入ってきた。

「ごめんねぇ。今日はもう完売なのよ」

青年が店を出てゆく。トレーを拭き終え、ガラス窓のロールカーテンの紐を引いた。

ふと思う。あの壁紙の果実は、熟れて朽ちてゆくことを誰にも知られない。それでも変わらず生り続けられるのだろうか。赤く黒い夕暮れが洩れ入り、私の身体を飲み込んでいった。

カラーレス

ポーチにしまおうとした拍子に手を滑らせた。床に砕け散ったアイシャドウの粒子は、黒板の粉受けに溜まったチョークの粉に似ている。とっさに指先でかき集めていると、ふいに萌花《もえか》と目が合った。あとにしたら？　鏡越しに目顔でそう言われた気がして、わたしは人差し指についた色を拭い取るように手の甲に馴染ませた。

「ねぇ。ミク、ホック留めてくれない？」

鏡越しに萌花に言われた。ラベンダー色のビキニを胸にあて、少し照れたように微笑んでいる。座っていたフローリングから立ちあがって萌花の背中にまわる。ホックを留め終え、彼女の横に並んだ。身長はわたしとそんなに変わらない。斜めに分けた前髪も、水玉が好きなのも、苦手な教科も、意識しなくてもきゅっと上がる口角も。目線を下にずらすと、こぼれた粉がフローリング板の継ぎ目の溝にはまり込み、ピンク色の細い線になっている。

「ミクってば、なんかいつもよりおっぱい大きく見えるよ」

萌花に言われて鏡を見ると、ビキニのくしゅっとした白いレースの花のせいか、細い体に不釣り合いなほど胸がふくらんで見えた。「やだ」とっさに両手で隠すと、萌花がそんなわたしを見て、からかうようにクスクスと笑った。大人用の水着はまだ少し大きくて、肩ひもをぎりぎりまで詰めても、すぐに肩から滑り落ちてしまう。あとでママに紐を短く縫い留めてもらおう。色違いのフリルのビキニに着替えた瑠衣《るい》と杏奈《あんな》はベッドに座り、髪を結んだりフリルを整えたりしている。

「中学生のときに揉んでたら大きくなるんだって。お姉ちゃんが言ってた」

髪を結び終えた瑠衣が、ふざけて自分の胸を揉み始める。その姿が可笑しくて、萌花とわたしは噴き出して笑った。「え、じゃあ私は、左ばっか揉まなきゃじゃーん。てか、男子とやると乳首の色が一瞬で変わるんだって。ネットで見た」と萌花が真剣な顔でわたしたちを見回した。きわどい話題で盛り上がりそうなわたしたちを横目で見ながら「それって、多分ガセだよ。うちの従姉ピンクだったもん。てか、そっち系の流れになるなら、もうやめたい。ファッションショーするんでしょ」と杏奈がベッドの上で膝を抱えた。瑠衣のお姉ちゃんがSNSで、友達と水着を買いに行き、ついでにファッションショーをした、と呟いていて、萌花が自分たちもやろうと言い出したのだ。わたしの部屋が四人の中で一番広いという理由で家に集まることになった。それと、わたしのママが中学校の先生をしていて帰りが遅いからというのもあると思う。今日のために、壁際に置いていたキャスター付きの姿見をベッドの近くまで引っ張って移動させた。

姿見に映る十四歳のわたしたちは、イケてる。そう思っているのがわたしだけではない証拠に、萌花は赤い下唇に指を当て、上目遣いに鏡をのぞき込んでいる。瑠衣も杏奈も、顔の角度を右に左に変えながら、可愛く見えるアングルを探してスマホで自撮りしている。これがショーと呼べるのかは謎だったけど、多分これはわたしたちの束の間の脱皮だ。床やベッドの上に脱ぎ散らかされた制服が抜け殻みたいに見える。

「ミクももっと口紅濃くしてみたら？」

萌花に鏡越しに言われて、ママのポーチから拝借してきた濃い色のリップを唇に押し当てた。薄く開いた唇が、ぱっくりと割れたあかぎれみたいだ。その隙間から舌先をほんの少し突き出してみた。痛そう。ママの指にはよくあかぎれができる。ママはバスケ部の顧問をしていて、「この指でボール触るのは痛いのよね」とよく尿素入りのハンドクリームを塗っている。わたしが友達を家に呼び、こんな風に水着姿でお化粧をしてはしゃいでることなど知らずに、この時間、きっとママはわたしたちと同じ年頃の女子を指導している。そう思うと、悪いことなどしてないのに、なんだか胸のあたりがむずむずした。楽しそうな笑い声のほうに視線を向けると、上の空のわたしに声をかけるタイミングを見計らっていたように、萌花がわたしをじっと見つめていた。

「あのね。実はわたし、受かっちゃった。『Glitter Girl』の読者モデルの一次審査」

スマホのメール画面を差し出されて、一瞬、自分の頬が歪んだのがわかった。どうりでいつもより頻繁に萌花と目が合うわけだ。

萌花とノリで履歴書を送ったティーン向けの人気雑誌『Glitter Girl』の読者モデルの一次通過の知らせだった。

「えー。すごいじゃん！　おめでとう」

興奮のあまり、萌花の肩を強く叩いた。本心だった。本心だったけど、でも、わたしにはそんなメールは届いていない。瑠衣も杏奈も「マジで！　ヤバいんだけど」と萌花に抱きついている。ひそかにわたしも、一次通過くらいはできるんじゃないか、って思ってた。でも、それは単なる自惚れだと、大人の確かな目で突きつけられてしまった。「ノリで応募しただけだし」なんて言い訳のひとつすらできない。わたしははしゃぐ萌花の横顔を、ぼんやりと視線でなぞった。二重の幅、まつげの長さ、筋の通った鼻の角度、顎のライン――、顔のパーツに定規や分度器をあてたら、わたしとはどれだけ違うか、はっきりわかるだろうか。その数ミリの差が合否の差になったのなら、ちゃんと知りたいと思った。その数ミリが、きっと、わたしと彼女の間に引かれた境界線の幅だから。そして、きっとその幅は、大人になるにつれてもっと広がってゆく、そんな気がした。

萌花と仲良くなったのは二年になってからだ。小学校は違ったけれど、中学入学時から大人びていて他の子より目立っていたから、わたしのほうは彼女を知っていた。

忘れもしない。あれは、新学期のクラス替えの日だった。

混み合った下駄箱前の大きな壁に張られたクラス表の前で、自分の名前を探していると「そのワッペン、どこで買ったの？」と彼女に声をかけられて、飛び上がるほど嬉しかった。学年の中でもひときわ目を引く萌花が話しかけてくれたことに、わたしの耳は熱くなった。「それ、マネしてもいい？」、わたしの上履きについている星形のワッペンを指さし、萌花はにっこりと微笑んだ。それから、ちらりとわたしの胸の名札を確認し「新堂さんか……」とクラス表を宙でなぞるように指を動かした。わたしも表に書かれた名前を順に目で追った。「あ、あった、新堂さん。新堂ミク、ちゃん？」わたしが頷くと、「同じクラスみたいね。わたしたち」と彼女が自分の胸の名札を見せてきた。

その瞬間、何かが大きく変わるような気がした。彼女と一緒にいれば、クラスの誰よりも早く大人になれる。そんな気がした。

「ミク、大丈夫？」

杏奈の声にふいに我に返る。

たかがオーディションの一次審査に受かっただけだ。友情が変わるわけではない。それなのに、わたしと萌花の間には、思っていたよりもずっと幅の広い線が前からあって、実はわたしだけそれに気づいていなかったのかもしれない。そんな風に思った。「うちらって似てるよね」と萌花がいつも言ってくれていたから。

そんなわたしの横で、まだ興奮の冷めない瑠衣たちが「明日クラスで話してもいい？　てかさ、やっぱ萌花すごいよ。あ、サインとかみんなで考えちゃう？」と、体を弾ませている。

「いやいや、一次なんて何百人も通るんだよ。大袈裟だって」と謙遜して笑う萌花のそんな言葉にさえ、裏メッセージを探しそうになる。考えすぎだということは分かっていたけれど。

空気を切り替えるように慌てて言う。

「そういえばわたし、坂根《さかね》くんにライン交換したいって言われて困ってるんだよね。どうしようかな。ね、どう思う？」

「ミク、だめだって。約束したでしょ。うちらは簡単に男子にそういうのは教えないって」

萌花がわたしを睨んだ。

「そうだよ。お姉ちゃんも言ってた。軽い女子って思われるよって」

瑠衣の言葉に頷きながら、

「そうそう、うちらのグループの規約だから。そういうのはやめてね。もし破ったら、罰ゲームだからね」

と萌花が小さなバッグから、折りたたまれた紙を取り出した。

その規約はまだ第七条までしかなかったけど、どれもクラスの中心に居続けるために四人で考えたものだ。YouTube の読モチャンネルと雑誌と瑠衣のお姉ちゃんのアドバイスを参考にして作った。萌花が小さくたたまれた紙を広げる。余白がたっぷり残ったルーズリーフの一番下に、サインが四つ並んでいる。

「ほら。ここに書いてあるでしょ？」

萌花が指をおく。『第五条　無駄にクラスの男子たちと話さない。ライン交換もしない』

そうだね、と、何度もずり落ちてくるビキニの肩紐を上げながら、そのまま目線を下に流した。

第六条　キスした時は報告と感想をシェアする。

第七条　本当に好きな人になら、体を触らせてもいい。

口には出さなくても、誰が一番先にここに到達するのかを、わたしたちは静かに競い合っている。そして同時に、誰か早く先に一番になってくれないかとも願っている。自分は安全圏にいながら、友達を通して大人の世界を垣間見られるなら、まだそれでもいいと頭のどこかで思っていることも、お互いに知っている。

「ミク、そういえばこの前のデートで野田《のだ》先輩とキスしたって言ってたよね？　ほら、ラインくれたじゃん。どんなだったかちゃんと報告してよ。聞きたい」

萌花に言われて、規約書を裏返す。

「うん。二回したから、足しとくね」

自分の名前の横にピンク色のペンで線を伸ばした。教科書に出てくる横棒グラフみたいだ。これで萌花に追いついた。瑠衣も杏奈もまだ一回だった。

「この前、萌花と練習したのがよかったかも。ぜんぜん緊張しなかった」

「そうだよ。部活でもラケットで素振りしてからテニスコートに入るでしょ？」

そう言うと、萌花はわたしの唇に二本指を押し当てた。離した萌花の指が赤く染まる。萌花の唇はしっとりと濡れて柔らかいけど、野田先輩の薄い唇は弾力がなくて、だけど、お腹の下の方がムズムズと疼いた。キスがこんなに気持ちがいいのなら、セックスはどんな風になるんだろう。痛みを通り越したその先は、どんな感じになるんだろう。

女子同士のキスの予行練習に、初めは皆キャーキャー騒いでいたけれど、今はどうってことない。男の子とするのもこんな風に慣れてゆくんだろうな、と思っていると、スマホが点滅した。野田先輩からのラインだった。たぶん、文化祭の時の宣伝ガールの写真についてだ。一時間くらい前に、〈文化祭のときの青いドレスの写真送ってよ〉と先輩からメッセージが来て、嬉しくてお気に入りの写真を数枚送った。

小さい時にお祖母ちゃんの言っていたことは、本当だったと思う。

［二年三組・大迷路　きてね〜］二週間前の文化祭で、わたしは飾り付けられた宣伝の画用紙を片手に持ち、蒼いネグリジェを衣装にして校内をねり歩いた。下に着たタンクトップとスパッツが透けていたけれど、セクシーで可愛いとクラスの女子たちからも褒めてもらえた。

——コレ着たらな、王子様なんかよりどりみどりや——。

お祖母ちゃんの魔法だ。その証拠に、文化祭のあと、ずっと憧れていた野田先輩に告白された。メッセージを開く。

〈写真みたよ。待ち受けにしよっかな〉

〈ムリ。はずかしいよ〉

〈そっか。じゃあ、やめる。明日、部活終わってから会える?〉

萌花たちと仲良くなってからは、テニス部も数えるくらいしか行っていない。

〈うん。どこで?〉

〈じゃあ、河川敷のとこで〉

ＯＫスタンプをどれにしようか考えている横で、ふたたび黄色い声が上がった。先輩とのラインを覗き見されたのかと思って、「やだ。もーなに?」と呆れ顔をつくりながら萌花たちのほうに首を向けると、皆で顔を寄せ合って萌花のスマホにくぎ付けになっている。野田先輩に返信し、急いで輪の中に入った。

オーディションの新着メッセージだった。

〈『Glitter Girl』の読者モデルの一次審査通過者の皆さまへ　面接オーディションのお知らせ場所・渋谷区――〉

すごーい。おめでとう。と手を叩きながら、胸やけに似た感覚を覚えた。どこでなら対等でいられる？　これからは、どこでなら、萌花と対等でいられるの？

瑠衣たちとスマホを囲み、はしゃいでいる萌花の横顔にわたしはそう問いかけていた。

みんなを駅まで送ったあと、真っすぐ家に帰る気になれずに、遠回りして河川敷を歩いた。

夕陽に変わりかけた太陽が、雲に隠れて駄々をこねているみたいに見える。大きな茶色い鳥が、茜色に染まる雲の下で羽を広げたまま風にのっていた。

「ミクは連絡が遅れてるだけじゃない？」みんなの優しい言葉は単なる慰めだと頭の中ではわかっているのに、通知が来ないか何度もスマホを見てしまう。

バカみたい、と思う。

『Glitter Girl』なんてバカみたい。そんな夢みたいなこと、考えなければ良かった。萌花もわたしを誘わないで一人で応募してくれたら良かったのに。

短い草をスニーカーでかき分けて河原に出る細い道へと入った。

草に隠れた小石につまずきそうになって、足元のその石ころを数個拾い、白くて綺麗な丸い小石だけスカートのポケットの中に入れた。美術の先生が休みだった日に、『身近なものでアート』というストーンアートの映像を授業中に見てからというもの、いつかやろう、と拾うことがある。どうせ机の引き出しに溜めておくだけなのに。

他の石は川に向かって思い切り投げた。

緩やかな水面に、しぶきが跳ねる。川べりから、あっ、と声がした瞬間、しぶきに紛れて何かが宙に飛んだ。声のしたほうへ顔を向けると、切れ長の瞳がわたしを捉えた。

腕まで捲った白い長Tシャツにベージュ色のパンツ。ラフなかんじにひとつ結びされた長い髪が、彼女が動くたびに揺れていた。

彼女は首からぶら下がっているカメラをつかみ、視線を水面に戻した。

それきり、もう、こちらには振り返らなかった。まるで、自分は透明人間なんじゃないかと錯覚してしまう。わたしという存在をなかったことにされた気がして、もう一度、小石を投げた。何をしても叱らない理科の先生を、授業中にやんちゃな男子達がからかう要領で。

しぶきに混じって、水面に突き出た枯れ枝から鮮やかな色のものが飛び去った。今度は、フォルムまではっきりと見えた。水色の羽に長いくちばしを持った、見たことのない鳥だった。

——もしかして、今の鳥を撮ってたのかな。どうしよう、謝らなくちゃ。

そう思い彼女の近くまで近寄ったけれど、彼女はわたしに背を向けたまましゃがみこみ、機材を片付け始めた。靴底の砂利が鳴る音さえも聞こえてなかったみたいに。ポケットの中で、もてあそんでいた小石が手を出した拍子にこぼれて、地面の小石に弾かれて彼女のスニーカーにこつんと当たった。

「なに？」

「あの、ごめんなさい……」

「……」

「えっと、こんな汚い川に鳥がいるとか、知らなかったから……」

「石投げた？」

「はい……投げました」

わたしが言うと、彼女は大きな溜息をもらし、

「この辺りにはめったにいない鳥だし、こっちとしては逃したくなかったんだけどな」

「……すみません」

気まずさに顔が上げられない。

「ま、もういいよ。飛ぶのは鳥の本能だしね」

石投げて遊ぶ年には見えないけどね、と付け足し、彼女は自分の唇を指さした。わたしの濃い化粧のことを言っているのだ。とっさに唇をごしごしとこすった。それを見た彼女が「べつに取らなくたっていいのに。ヘンになってる」と言って笑い、機材を入れた鞄のサイドポケットから小さな手鏡を取り出した。同時に、なにかが地面に落ちる音がした。けれど、笑われた自分の顔のほうが気になり、手渡された鏡をのぞきこむ。唇の輪郭からはみ出た赤い口紅の擦《かす》

れたあとが、顎のあたりまでのびていた。バッグからティッシュを出し、唾をつけて口元を強く拭いた。拭きながら、なんだか理由も分からずにむなしくなった。

「ああいう鳥って、もっと綺麗な自然の中にいるんだと思ってた。こんな汚い川とかじゃなくて」

わたしがティッシュで顎を拭きながら、会話を続けるためだけに適当に言うと、

「へえ、興味あるの？」

と、砂利の上に落ちた冊子を拾い上げパンパンと手で叩いてから、わたしにそれを差し出してきた。『野鳥・ミニ図鑑』。手の平サイズの鳥の写真集だった。興味ない。胸の中でひとりごちながら、受け取った手前、適当にページをめくる。けれど、気がつけばわたしは、鳥たちの躍動感と、鮮やかな色に目を奪われ次々とページをめくっていた。美術の授業中に持っているだけの絵の具を混ぜて遊んだことがあったけれど、こんな色は作れなかった。それはまるで、色と色のあわいにだけ存在する色のようだった。

そんなことを考えながら視線を斜め下にずらすと、ページの下のほうの翡翠《ひすい》色が目に飛び込んできた。さっきの鳥だ。

写真の下に小さな文字で〝カワセミ〟とあり、少しの説明書きがあった。

「蒼い宝石って、呼ばれてるんだって。光によって色が変わるの」

写真を指さす彼女の横顔を見上げた。

「くちばしが黒いのがオスで、下のくちばしが赤いのがメス。さっきのはオスだよ」

そう呟いた唇が微かに上がる。彼女の指がゆっくりとページをめくった。

「これはオオルリ。こっちの瑠璃色のほうがオスで、茶色の地味なのがメス」

「メス地味すぎ。これじゃ、すずめじゃん」

「うん。鳴き声もオスのほうが綺麗なの。で、これがルリビタキ。オスは若鳥の二年くらいメスと同じ色で過ごすんだ。メスのふりをするんだよ。強いオスの縄張りに侵入して、こっそり本物のメスに近づくんだって。セコいでしょ。で、これはウソ」

「え、嘘なの？」

「はは。違うよ。鳥の名前。ウソっていうの」

「ヘンな名前。こんなに可愛いのに」

鳥形の和菓子みたいだ。薄墨色と黒の小さな体に、頬だけ丸く赤いチークをいれて、すまし顔をしている。

いつの間にか太陽はすっかり夕陽に変わり、向こう岸に見えるマンションは紫色の影になっていた。川の水面は黒く透明に輝いて、所々に映る夕焼けを吸い込んでいた。さっき萌花に感じたもやもやした気持ちも一緒に吸い込んでくれないかな。そしたら、今までとなにも変わらずにいられるかな。

「夕暮れの川って、汚れていても澄んで光って見えるのよね」

「はい。でも、あの、わたし、……ごめんなさい。さっきのカワセミ？　逃がしちゃった」

「もういいよ。どうせ、明日も来るつもりだったから」

彼女はミニ図鑑を鞄にしまった。

彼女の少し後ろを歩いて草の斜面をあがる。黒い影を追うようにしてコンクリートの歩道に出ると、彼女が振り返りわたしに手を上げた。咄嗟に、まだ帰りたくない、と思った。どうせママの帰りは今日も遅い。こんな気持ちのまま、誰もいない家に帰りたくなかった。

今日もまた、家に帰ったら薄暗い玄関のスイッチを点け、早足でリビングに向かい、そのあとダッシュで全部の部屋の電気を点けて回らなければいけない。全部の部屋が明るくなるまでわたしは息を止める。暗闇が発する寂しさを吸い込みたくないから。早く大人になって、そんなバカみたいなクセなくなればいいのに。

そういう気持ちを押し殺して、おへその下のあたりで、小さく彼女に手を振り返した。たぶん、彼女には見えなかっただろうな、と思った。まだ遊べるよ、と友達を引きとめかけて言えなかった幼い頃のわたしを思い出していた。たぶん、あの人はわたしよりずっと年上なのに。

夕暮れに沈みかけた川面をなでた風が、わたしの頬を優しくかすめてゆく。どこかの家の夕飯の匂いが流れてきた。


「ちょっと。だれー？　窓あけたの」

開け放った窓から強い風が吹き込んできて、お弁当の蓋をしめながら萌花が叫んだ。黒板の粉受けから薄ピンクのけむりが宙に舞った。空気に溶けるように下へと流れて、床に落ちる前に色がなくなった。窓際に立つ男子が少しだけこちらを振り返った。松尾《まつお》颯太《そうた》だ。

「昼休みに黒板の掃除しないで、って言ったよね。見てわかんない？　わたしたちまだお弁当食べてるの」

その声に、松尾は黒板消しをクリーナーに当てかけていた手を止めた。黒板消しを両手に持ったまま突っ立っている松尾を視界の隅から消す。わたしには関係ない。小学五年生のとき一学期だけ松尾と黒板係になったことがある。それだけだ。

「つーか、あいつの制服いつも粉っぽくない？　ちゃんと洗ってるのかな」

萌花が眉間にしわを寄せたまま、わたしたちの方に向き直って言う。

「陰キャでも、髪くらい整えてほしいよね」

杏奈のひそひそ声に、耳の後ろの寝ぐせに目が向いた。すその短いズボン。入学式から身長が何センチ伸びたか一目瞭然だ。わたしはさげすむように松尾を横目で見た。

松尾は唇を一文字に結んで教室の後ろの窓側の自分の席につくと、ブレザーの胸ポケットからメモ帳を出して、机に突っ伏すようになにかを書き始めた。プッと誰かの噴き出し笑いが聞こえた。

「恨《うら》み節《ぶし》ノートらしいよ」

瑠衣が顎で窓際の席を指した。丸くて幼い顔がゆがんで可愛くなくなった。

「マジで、怖すぎ。ぜったい今の書いてるじゃん」

萌花がわざと肩をすくませる。もう何年も、松尾とは挨拶すらしていなかった。

そのとき、もう更衣室に行くのか体操着袋を手に持ったクラスの女子達が、わたしたちの机に遠慮がちに近づいてきた。

「ねえ、加江田《かえだ》さん。『Glitter Girl』の読者モデルになった、って本当?」

「やだー。もう拡散してるの? するなら正しい情報にしてもらいたいのにー。ね、」

萌花はわたしたちに同意を求めるように小首を傾げて「一次通過しただけだよ。ほんと、ぜっんぜん、大したことじゃないってば」と困り顔で微笑んだ。「すごーい!」「ね、一緒に写真とってよ」「ブログにあげてもいい?」、次々に上がる声に、うん、いいよ、と手鏡で前髪を整えてから、萌花が「ミク、撮ってもらってもいい?」と、女子たちの中の誰かのスマホをわたしに手渡してきた。

「うん。いいよ」

自分のではないスマホは持ちにくかった。

それでも、萌花が決め顔をした瞬間を逃《のが》さないように、わたしの指はいつだって、絶妙なタイミングでシャッターボタンを押せる。「ミクが一番上手だよ。こんなに可愛く撮ってくれるんだもん」と萌花が褒めてくれるのが嬉しかった。それなのに、今の萌花ときたら、わたしをチラリとも見ないで、声をかけてきた子の子供っぽい体操袋のキャラなんか褒めている。半ば呆れながらも、わたしも取り巻きの一人みたいだな、と思った。

「すごい可愛い! ありがとー」

はしゃぐクラスの女子達を眺めながら、あの日感じた線を思い出していた。数ミリの幅の線。今となっては、本当に数ミリだったのだろうかと思えてくる。けれど、もし数ミリならば、すぐにでも縮められるはずだ。でも、どうやって？　わたしの前に立つ女子の一人が、萌花に髪のほこりを取ってもらって、顔を真っ赤にしてはにかんでいる。

あんなに「ミクが親友で嬉しい。わたしの自慢の友達だよ」なんて言ってたくせに。結局のところは誰でもいいのかもしれない。

視線を床に落とすと、自分の上履きについた星形のワッペンが目に留まった。「マネしてもいい？」、そう聞いてきたのは、萌花のほうだったはずなのに、多分、クラスの誰もがそんな風には思ってないだろうな、と思った。

だったら、と思う。

規約を破るくらいどうってことない。取り巻きの女子達の間を縫って、わたしは小走りで廊下に出た。美術室前のトイレに入り、ドアの鍵をかけた。萌花が知らないことを、わたしが先に知ればいいのだ。そうすれば、萌花はきっと羨望の眼差しをむけてくれるはずだ。

便器の蓋に座って、スマホをスクロールする。クラスラインの中から返信をくれそうな男子を何人か選んで送信した。〈試合いつあるの？　応援に行ってもいい？〉〈科学の実験レポート一緒に書かない？　分からないから教えて〉反応は思いのほか早く、トイレにいるうちに次々に返信がきた。血が体の中を巡るのを感じた。高ぶった気持ちのまま、勢いにまかせ、野田先輩にもラインで写真を送った。この前、萌花たちと家でファッションショーをした時の、水着姿のわたしの写真を。彼がそれをどう解釈してもいいと思った。

河原の堤防に腰掛ける。夕暮れの風が草を揺らしている。

わたしは、野田先輩が来るのを待っていた。突然送られてきた水着姿の写真に、さすがにびっくりしたのか写真についての感想はなく、ただ、〈明日会える?〉とだけ返信があった。

四ヶ月前に面会に行った日、お祖母ちゃんはわたしの手を握り笑っていた。わたしが誰なのかさえも、もう、分からないはずなのに。以前は休日になるとパパとママと一緒にお見舞いに行っていたけれど、萌花たちや先輩と遊ぶほうが楽しくて、ここのところずっとお祖母ちゃんに会いに行っていない。今度会ったら、わたしが誰かは分からなくても、大人っぽい子だねぇ、くらいは思ってくれるだろうか。

少し早く着いたな、と思いながらスマホを鏡代わりにリップを塗っていたら、「ミクちゃん」と背中で声がした。振り向くと、部活のチームトレーナーに制服のズボン姿の先輩だった。部活後の汗で湿った髪が、なんだか妙に大人びて見えた。つけたばかりのリップをなじませるように唇を軽く動かした。

「最近ゆっくり会えなくて、ごめん」

そう言われて、慌てて首をふる。そんな風に言われるとちゃんと付き合っているんだと改めて嬉しくなる。

「大丈夫です」

先輩はわたしの横に腰掛けた。

「あ、でも、今度どこか遊びに行きませんか」

「うん。塾の予定表見てみるよ。あー、そうそう。あのさ、萌花ちゃんだっけ？　ミクの友達の」

「あぁ。はい」と答えながら、彼の口から出た「もえか」という三文字に、言いようもなく胸がざわついた。

「なんか部活の後輩が、気になってるみたいなんだよ」

野田先輩と二人でいる時にさえ登場してくる萌花を、一瞬だけ疎ましく思った。そんな気持ちを僅かにでも持った自分が嫌だった。友達なのに。

「あの子はダメ。彼氏いるし。それに、すっごく理想が高いから」

後輩が、と言っているのに、何かを防御するように口から出る。

「そっか。かわいいもんな。後輩にはあきらめろ、って伝えとくわ」

先輩は汗に濡れた前髪を指で流した。深い意味はなくても、「かわいい」という先輩の口から出たその言葉に、胸をひっかかれた気がした。野田先輩の口からは聞きたくなかった。わずかばかり怒りに似た感情が溢れそうになりながらも、それを表情には出さないようにする。ここでふてくされてみたり拗ねてみせたりしたら、わたし自ら、萌花を上のステージに祭り上げることになる気がした。

「そういえば、昨日送った写真びっくりしたでしょ。あの水着、萌花たちと一緒に買いに行ったんです。もうすぐ夏休みだし、みんなでプールとか行きたいねって……」

彼女に嫉妬しながらも、ちゃんと彼女の親友である自分も示したいという、とても不思議な感覚だった。突然、彼の指がわたしの指に絡まり、強く唇を押しつけられた。いつもより長く感じた。唇が離れて、深く呼吸しようとした瞬間に、また唇をふさがれた。舌先が唇を割って中に入り込んでくる。体がきゅっと固まった。どうしよう、予行練習してない。それでも、なんとか応えなきゃと、先輩の舌を舐めるように少しだけ舌先を動かした。座ったままで腰がふわりと宙に浮く。体の中心で、しっとりと水が湧く感覚を覚えて、そんな自分が恥ずかしかった。

「いいの？」

ふいに離れた息が、荒く頰にかかる。

「え、なにが？」

「なにがって。あんな写真送ってきといて。それとも俺をからかってんの？」

「からかってないよ……先輩となら」

そう言いながらも、急に距離を縮めてこられてわたしは怖気づいていた。一瞬、規約の第七条が頭をかすめる。わたしがもし、今日先輩としたら、萌花はわたしに羨望の眼差しを向けてくるだろうか。「ミクがうちらの中で一番大人じゃん。どんな感じだった？　すごいね、ミク」そう言って、規約書の裏のわたしのグラフを誰よりも長く書き足すだろうか。そして萌花も、わたしみたいにあの線を感じるのだろうか。

「……なら、いいんだけど」

スイッチが完全に入ったのか、ふたたび押しつけられた彼の唇は、わたしの口のまわりを這いまわって離れない、理性を失った生き物みたいだった。窒息しそうになって、吐く息とともに顔を下に向ける。こわい。やっぱりできない。

「ここではイヤ。ちょっと待って。ごめん。なんか、今はちょっとむりかも」

ウエスト部分を丸めて短くした制服のスカートを、少しでも伸ばすように裾を引っ張った。一旦、空気の流れを変えたくて、顔を上げると、沈みかけた夕日が、空にしがみついているように見えた。

「場所、かえる？　それとも俺がいやなの？」

髪に触れられて、心臓がドクッと跳ねた。先輩の骨ばった手が肩へと滑る。訊かれて、わたしは慌てて首を横に振った。ブラウスのボタンにぎこちなく手がかかる。先輩が嫌なわけじゃない。それなのに、萌花の羨望の眼差しを浴びるはずの一歩手前で、わたしの体は小刻みに震えていた。

「やっぱり、やめて」

スカートの中に入り込んできた大きな手を、太腿で挟むように力を込めた。指先が伸びてきて、その奥にあるショーツに触れた。あっ、と声を漏らすと、「初めてだよね？　やさしくするから……」と、指先が中に入りかけて、頭の中が真っ白になる。

その途端、わたしは先輩を押しのけ、土手の長い草の間を無我夢中で走っていた。草の間に転がった石につまずいて転んで、「痛っ！」と叫んだ。膝から生ぬるいものが流れた。起き上がろうとした瞬間、目の中に鋭い光が飛び込んできた。強い閃光が夕闇に連続で放たれて、シャッター音が連続で鳴った。砂利のうえを走り去る靴音に重なり、その音は鳴り止むことなく、わたしの周りで響き続けていた。

彼女は彩乃という名前だった。

河原近くの八畳ほどのワンルームマンションで一人暮らしをしていた。二十歳の大学生で写真サークルに入っていると話してくれた。ラグマットの上に座って彼女の部屋全体を見渡してみる。対面キッチンの前に小さなテーブルと、色も形も違う三脚の椅子が置かれていた。その中の一脚に民族織調のクッションが置かれ、緑色のひざ掛けがかけられていた。壁には鳥が羽ばたく瞬間を写したパネル写真や、柔らかな色の小鳥がくちばしで羽を整えている写真が飾られていた。ラグマットに転がった柔らかなクッションに触れていると、ほんの少しだけ心が落ち着いた。カーテンレースから透ける闇を閉じるように、彼女が緑色の蔦柄のカーテンを引いた。

窓辺に吊るされた鳥籠の中で、がしゃんと金網に足をひっかける音が聞こえた。視線を向けると、橙色の鳥が金網から止まり木に飛び移っていた。静止した鳥の写真ばかりが壁に飾られた部屋で、橙色の鳥だけが別世界のものに見えた。

「あれ、なんて鳥?」

と訊くと、紅カナリア。ポレちゃんっていうの、と答えながら、彼女は消毒液と絆創膏を持ってわたしの前に座った。

橙色のカナリアがいることを初めて知った。化粧用のコットンを消毒液に浸して「けっこう血が出ちゃってたね」と、彩乃さんが顔をしかめる。すりむいた膝に湿ったコットンが優しく触れた。

「……ありがとうございます」

お礼を言ったあとで、じんわりと消毒液が沁みて、わたしは下唇を噛んだ。

「膝だけでだいじょうぶ？」

そう訊かれると、次第に右肘もジンジンと痛んできた。左手で押さえていると「見せて」と言って消毒液を塗ってくれた。涙がこぼれた。傷口が沁みたからっていうだけじゃなくて、強張っていた体が急に緩んだから。そして、あんな風に先輩を拒んでしまったことにも。

消毒液で薄まった血が膝から流れて、わたしは余っていた脱脂綿《だっしめん》でそれを拭いた。

「さっき撮った写真、消してもらえませんか？　あの人、わたしの彼氏なんです」

わたしがそう言うと、彼女はカメラの電源を入れて液晶画面を見せてきた。そこには人の姿はなく、シャッターの光で闇に浮かんだ草の断片や、漆黒の闇を擦ったような光の線があるだけだった。カメラを返すと、

「まだまだヘタクソだわ。夜烏もいるなんて口コミで見たのよ。行ってみたはいいけど、このありさま。これでもカメラ歴は三年なんだけど。もっと勉強しなきゃな」

彼女が液晶横のボタンを操作しながら言う。もしかしたら、大袈裟にしないための彼女の気遣いなのかもしれない。なんとなくそう思った。

「彩乃さんが野鳥を好きでよかった。あそこで、写真を撮っていてくれて、あの場所にいてくれてよかった……でも、わたし、彼氏から逃げるなんて、やっぱり、違ったのかも……」

喉が詰まりそうになるのを、深呼吸でおさめた。先輩はもうわたしを嫌いになったかもしれない。自分から誘うような写真を送っておいて、やっぱり無理だなんて、先輩はきっとわたしにからかわれたと思っているはずだ。

彩乃さんはわたしの言ったことには触れなかった。そのかわりに、

「鳥だらけでしょ、この部屋」と、笑っていた。

「鳥が好きなんですね」

「うん、まあ。きっかけは？　ってたまに聞かれるんだけど、縁日の屋台で買ってもらった水笛かな。ほら、プラスチックの鳥の笛に水を入れて吹くと、鳥の鳴き声になるやつあるでしょ？　子供の頃ね、アレで鳥と話せるって本気で思ってたのよね。だから、小学生の時は、クラスでもヘンな子扱いされてた」

「あ、それ知ってる。わたしも子供の時にお祭りで買ってもらったことある」そう言うと、「子供のとき、か」と、彩乃さんは可笑しそうに笑った。まだ子供でしょ、と言われているみたいで恥ずかしくなった。

「うちには宇宙とか虫の図鑑もあったんだけど、ボロボロになるまで眺めてたのは鳥の図鑑だったな。ミクちゃんは？　なにが好きなの？」

幼い日々を思い出すように言うと、彩乃さんは、立ち上がって鳥籠のエサを交換しはじめた。

図鑑も本も、そんなふうに記憶に残っているものはない。だから、そんなのすぐに思いつかない。思いつかないってことは、多分、ないんだと思った。

「うーん、特にないかな。でも、お祖母ちゃんのネグリジェは大事にしてる」

「そうなの？」

「うん。先輩に告白されたのがね、文化祭の時に着たお祖母ちゃんのネグリジェがきっかけだったんです。蒼く透けてて、ものすごく綺麗なの。『コレ着たらな、王子様なんかよりどりみどりや〜』ってお祖母ちゃんの言葉、本当だったって思う」

お祖母ちゃんがわたしにくれた魔法のドレスだ。時々、そんな風に思うことがある。

輪ゴムでエサ袋の口を閉めながら、彩乃さんは笑っていた。

「おしゃれで、優しいお祖母ちゃんだったの」

わたしがそう言うと、そう、と頷き、彼女が鳥籠のほうに歩いて行った。それから、しばらく黙ったあとそっと秘密を打ち明けるように、「このカナリア、買った時から飛ばないの。何度も練習させてはいるんだけど、籠から出しても、すぐに中に戻りたがって」と彩乃さんが言った。

「ずっと籠の中に入れっぱなしだったからかな？　きっと、自分に羽があることを忘れちゃったんじゃない。ちょっとも飛べないの？」

「飛べるよ。でも、すぐに籠の入口に戻って、中に入りたがるの」

彼女はカナリアをあやすように金網の隙間に指を差し入れた。

「わたしね、人間もおんなじじゃないかって思ったりすることがあるの。ずーっと自分を閉じ込めたままだと、このカナリアみたいに、本当の自分が何者なのか分からなくなるんじゃないかな、とかね」

籠の中では、鮮やかな橙色のカナリアが餌箱のふちに細い足をかけ、餌をついばみかぶりを振っている。

「何それ。自分を閉じ込めるとか、意味分かんない。彩乃さん、やっぱりちょっと変わってるかもね。だけど、彩乃さんがこの子をすごく可愛がってる、ってことなら分かる」

わたしがそう言うと、ありがとう、と彼女が微笑んだ。

「わたしにも分かるよ。ミクちゃんがどれだけお祖母ちゃんに可愛がられていたのか。話してる時の顔を見てたら分かったよ。だから、」と、一瞬言い淀んだあと、「だから、ミクちゃんのお祖母ちゃんが、小さい頃のミクちゃんに言ったこと、本当にそのままの意味で言ったのかなって、なんとなく、そう思って」と続けた。

その言葉に、授業で突然難問を出された時のように、一瞬、頭の中が真っ白になった。

「どういうこと?」

耳にかけようとした髪が、うまくかからず頬に触れた。

「さっきみたいなことがあっても、先輩を王子様だって思ってるの? よりどりみどりの王子様の一人なんだって? あれはミクちゃんに本当に恋をしている男の子がすることなんだって、そんなふうに思ってるってこと?」

だって、そう思わなくちゃ、今までのこと全部が嘘になる。文化祭のあとに野田先輩がわたしにくれた言葉も、萌花たちとの予行練習も、蒼いネグリジェの効果も、お祖母ちゃんがくれた魔法みたいな言葉さえも。

「……友達は、羨ましがるとおもう。彼氏とのこと全部報告しあってるの。棒グラフの線だって伸びるし」

「それってどうなの。なんか、縛りあってるだけにみえる。ミクちゃんはどう思ってるの？」

彩乃さんは呆れたように溜息をついた。

「早く大人になりたいの」

気がつけば、そう口に出していた。

「わかるよ。でも、どんな風に大人になってくかは、ミクちゃんが自分で決められるんじゃないかな」

細めた目で彼女がわたしを見つめる。憐れむようなその目に、微かな苛立ちを覚えた。それって単なるきれいごとだ。今のわたしの全ては、萌花たちとの関係やクラスでの立ち位置だ。そこからはじき出されないようにちゃんと陽キャでいながら、心のどこかでは何かが欠けている気がしている。その何かに気がついてしまったら、自分自身を保っていたものが一瞬で崩れてしまいそうで、それを見ないふりをして今を思いっきり楽しんでる。自分でなんて何も決められない。今は萌花との距離感さえ分からなくて、あんなバカみたいなことまでしたのに。

「お説教とかなら、ちょっとウザいかも。野田先輩とならいいかな、って思ったから、自分で水着姿の写真を送ったんだもん」

「そう。じゃあもう言わない」

彩乃さんが溜息をついた。

わたしは軽く唇を噛んで、彩乃さんから目を逸らした。何故だろう、言葉では彼女に反発しながらも、心の中では、もっともっと説得されたがっている自分がいた。矛盾してるし、バカみたいだけど。わたしわたしのどこが間違っていてどこが正しいのか、からまってしまった気持ちを解《ほど》いて、と、わたしのこと、なんにも知らないくせに」の中にいる幼い少女が彼女を見つめている。それなのに、

「わたしのこと、なんにも知らないくせに」

と言い返していた。彼女に言い返してしまってから、じゃあ、わたしは先輩のなにを知っているのだろうと思った。太腿には、野田先輩の手の感触がまだ残っていた。彼の険しく寄った目が脳裏に浮かんだ。あの時、先輩は、わたしのことがちゃんと見えていたのだろうか。転んだときに、痛い、と叫んだわたしの声が、彼の耳にちゃんと届いていたのだろうか。先輩は、あの時きっと、わたしを見ていなかったのだ。

彩乃さんの静かで動じない眼差しに、息が詰まりそうになる。

「今のミクちゃん、ポレちゃんみたい」

「どういうこと？　ちがうし」

「そうね。ちがうかも。この子は自分の色があるから。ミクちゃんはまわりにばっかり合わそうとして、自分の本当の色がわからなくなっちゃったんじゃない？」

口に出したことを一瞬後悔したように、彩乃さんが眉根を寄せた。

わたしの耳が彼女の声を吸い込んだまま一瞬固まる。もうこれ以上、何も聞きたくない。

床に置いたスクールバッグのストラップをつかんで、「お世話になりました」と彼女の顔は見ずに頭を下げた。スニーカーの踵を踏んづけたまま、差し出された手から逃げるように部屋を飛び出した。踏んだままの靴の踵にアンバランスな力を込めて階段を駆け下りた。エントランスから出ると、マンション横の駐車場の外灯が、今にも消えそうに点滅していた。


呼び出された美術室前のトイレに行ってみると、萌花は鏡の前でまぶたを伸ばしてビューラーを当てていた。瑠衣と杏奈はお揃いのブラシで髪を梳かしている。「規約を破ったことに萌花が怒ってるよ」と掃除の時に瑠衣から聞いていたから覚悟はしていたけれど、そうでもなさそうに見えて少しホッとした。昨日の野田先輩とのことを相談しようかと口を開きかけると、

「わたし悲しい。ミクがうちらの規約破ったなんて信じられないよ」

萌花が、鏡から振りむきわたしを見た。換気扇のファンが時折、カンカンカンと不安定な音を立てて鳴った。ほんの少しの逃げ場を探すようにその音に耳を傾ける。言い訳なんか、できるはずもないのに。

「ラインを送ったのがいけなかったの？」

平静を装っても、きっと彼女にはこちらが動揺していることは伝わっている。

「は、なに言ってるの？　好きでもない男子たちに媚びるなってことじゃん。そういう子はう

ちのグループに相応《ふさわ》しくないよね。プライド持って。ね。ミクは、そんなことまでして人気者になりたいってことなの？」

大きな目で睨まれて、一瞬たじろぐ。

「そうじゃなくて、わたしは、ただ……」

きっと今のこの気持ちを話しても、分かってもらえない。萌花と対等でいたかっただけだなんて、そんなこと言えるわけない。鉛でも詰まっているみたいに胃が重い。

「わかった……どうしたら許してもらえるの？」

鏡に映る萌花の後頭部には艶やかな光の輪ができていた。彼女たちが「ちょっと相談させて」と三人でトイレの個室に入って行く。ひそひそと囁く声が聞こえてきた。鏡には、目の周りを赤らめて、唇を固く結ぶ少女が一人映っていた。ひどく怯えて見えるその子に、あんたのせいだから――と吐き捨てるように心で呟いた。

待っていると、トイレの個室から出てきた萌花たちが「決まったよ」と、合唱曲が決まった時みたいな声を上げた。

「ちょっと辛い罰ゲームになるかもしれないけど、また破られたら困るから。ごめんね」

差し出された規約書のルーズリーフのわたしの欄に、マイナス五点、と書かれてある。

「じゃあ、選んでね。一週間お弁当を一人で食べるか、クラスのイケてない男子と一緒に二人きりで帰るか。どっち？」

一週間もお弁当を一人で？　想像するだけで苦しい。クラス中に、萌花たちと何かあったと知られることにもなってしまう。いやだ。どっちもいやだった。罰ゲームなどすぐに終わらせたかった。だから、わたしは短時間で済むほうを選んだ。早くいつもの楽しい四人に戻りたい。

「帰るのって、一回でいいの？」

「もちろんだよ。うちら友達でしょ」

友達なら、もうしないでね、で終わらせてくれないかな。胸の中でつぶやく。

「わかった……じゃあ、帰るほうに、する」

わたしがそう言うと、瑠衣と杏奈がルーズリーフの余白に小さなあみだくじを作り始めた。

「はいできた。A、B、C、D、どれ？　選んでいいよ」

迷いながらCを指さすと、物凄い早さで細い指が下に向けて動き、折りたたんでいた箇所を萌花が開いた。キャー、と叫び声が上がった。

「はい、では発表しまーす。松尾に決定です！」

チョークの粉まみれの制服に、寝ぐせのついた髪。いつも窓際の席でひとり、小さなメモ帳に何かを書いている。正真正銘、イケてない男子。小五の係の時以来、話したこともない。

「ミクから誘うんだよ。今日の帰りに決行だからね」

そう言ってわたしに微笑んだ萌花は、いつもどおり無邪気で可愛かった。わずかな残酷さも感じさせないほどに。彼女の薄桃色の唇にぼんやり視線をおく。一瞬止まった時を動かすように、その唇がきゅっと縮んだ。規約を破ったわたしにお仕置をした。ただ、それだけのこと。

トイレを出て腕を組んで歩いていく三人の数歩後ろで立ち止まる。上履きに貼った黄色の星のワッペンがくすんだベージュに色褪せて見えた。少しだけ間を置きたくて、わたしは手洗い場のゆるんだ蛇口のコックをきつく閉めるふりをした。彼女たちに追いついても、萌花たちの腕はいつもみたいにわたしに絡みついてこなかった。堪《こら》えていた涙が溢れそうになった。


人の少なくなった廊下の窓から教室をのぞいた。

部活動や下校で空になった教室は、たなびく白いカーテンで浄化されたように静かだった。その中でひとり、松尾だけが黒板を消していた。スヌーピーもどきの落書きと、消えかけたピンク色の文字がまだ残っている。なんでわたしがあんなヤツに声かけなきゃなんないんだろう。ほんとに最悪。わたしは、できるだけ自然体をよそおって教室の戸を開けた。

「ごめん、わたしの筆箱おちてなかった？　水玉のやつ」

振りかえった松尾は、一瞬、怯えたようにわたしを見た。

「見なかったけど」

床をのぞきこむようにして言う。

「へー、放課後に係の仕事してるんだ」

「うん。チョークの粉が舞うのがいやだって言う子もいるから」

クリーナーがブゥーンと鈍い音を立てた。煙幕のように粉が舞う。

「まあそうかもね。てか、まじめすぎ。てか、ずっと黒板係じゃん」

からかいながら教室の中に入ると、松尾は困惑したように笑ってから、チョークを黒板の粉受けの端によせた。話題を探しながらも小学五年生のときの一学期だけ一緒にやった係の話など、今さらしたくはなかった。でも、だとすれば何をきっかけに一緒に帰ろうと誘ったらいいのかが分からなかった。

サッカー部の掛け声が、開け放たれた窓から聞こえてくる。

「新堂さんは、部活は？　行かないの？」

そう訊いてきた松尾も、この状況に戸惑っているのが見て取れた。

「テニス部だけど最近行ってない。友達と遊んでるほうが楽しいし、先輩とデートもあるから」

先輩とはあれ以来、気まず過ぎてラインのやりとりすらしていない。自分から連絡して、既読無視をされたらと思うと、スマホに打った文字を消すことしかできなかった。

「あぁ。三年生と付き合ってる、って本当だったんだね」

「うん、まあね。松尾は部活やってないんだっけ？」

「やってないよ。家でやらなきゃいけないこともあるし」

両手についた粉をパンパンと払いながら言う。

「もしや、家でもノートとにらめっこ？」

冗談で言ったのに、図星だったようで松尾は黙ってしまった。どんな風に話をつなげたらいいのか分からなくて、「いつもなに書いてるの？」とつい訊いた。

知ってる。クラスメイトへの恨み節ノートだ。

「……べつに」

ふいに、松尾が何かを守るようにブレザーのポケットを押さえた。

「見せて。わたしが感想を言ってあげる」

「いいってば」

一緒に帰る口実を早く作らなければ。そう焦れば焦るほど不必要に強引になる。それに、どんなことが書かれてあるのか興味があった。「べつにいいじゃん」隙をついて、松尾のポケットからすかさずメモ帳を抜き取った。表紙がボロボロだ。かえしてよ、と必死な声で、手を伸ばしてくる松尾を無視して教壇の上に座った。足をぶらつかせながら、パラパラとページをめくる。殴り書きされた文字やイラスト、一言コメントみたいなものに混じって、やけに丁寧な文字の羅列が目に飛び込んできて、めくる手を止めた。

色とりどりの羽で着飾った　黒いカラスは
ほかの鳥の　鮮やかな羽を拾いながら
ほかの鳥の　美しい羽を体中にまといながら
本当に　幸せを感じていたのだろうか
体中にまとってみせた羽を　むしり取られた時よりも
本当はずっと　悲しかったのではないだろうか

「――なに、これ」

心よりも先に唇が動いた。ポエムかよ、うける。喉の奥で毒を吐きながら、それでも、静かに雪が積もってゆくみたいに、ノートに並んだ文字が頭の中に降ってくる。

「どうせこんなの書き写したりして、キモいとか言うんだろ?」

くぐもった彼の声を聞きながら、わたしはノートを見つめていた。

「てか、なんで、これだけがこんなに丁寧な文字なの?」

そんなの彼にとって大事な言葉だからに決まってる。聞く必要のないことでも、しゃべり続けておかないと心の中で保っている何かが疼き出すことがある。

「母さんが使ってたクローゼットの引き出しからメモを見つけたんだ。それを書き写しただけだよ。たぶん、なにかの寓話の感想っぽいやつだと思うんだけど」

そう言って、松尾がわたしを見た。

「そうなの?」

「うん。うち父子家庭だから」

と答えて、松尾が窓に近づく。

窓の外からは、白熱したようにサッカー部の掛け声が響いていた。

「父さんがね、いつも言うんだよ。ちょっとでも心が動いたことは見逃すなって。いつか形を変えて自分をつくるもとになるかもしれないからって」

　風を孕んで膨らんだカーテンが、一瞬、松尾の顔にあたった。松尾がそれを手で制すとカーテンから一気にあふれた風が、松尾の前髪をふわりともちあげ、きれいな富士額がのぞいた。あたふたと白く大きな布を手で払う彼が可笑しくて、わたしは笑った。

「なんか、いいパパだね」

「そんなこともないよ。トイレ開けっぱなしにするし」

「はは。うちもおなじ。だけど、なんかいいな。そういうこと、言ってくれる大人がいるのって。ちょっと羨ましいかも」

「そうかな」

「うん。だって、松尾のパパのその言葉も、松尾のもとになるってことでしょ？」

　それなら、と思った。

　もしかしたら、やっぱりそうなのかもしれないと思った。

「ね、松尾も見てたよね？　文化祭の時の宣伝ガール」

　急に顔を赤らめて「まあ、うん……」と松尾が顔をそむける。

「あの衣装ね、じつはお祖母ちゃんからもらったネグリジェなんだ。小さい時からずっと欲しくておねだりしてたんだ。くれるって約束した時のお祖母ちゃんの言葉が、わたしの胸の奥に沁み込んでいる気がする」

　こんな話、萌花たちにもしたことがなかった。だけど、リズムよくわたしの言葉に頷く松尾を見ているうちに、何を言っても彼には否定されないんじゃないかという気持ちになっていた。

窓の外を見ると、サッカーボールが二階の窓まで高く上がった。歓声が聞こえる。

「でね、この前、ある人に訊かれたの。その言葉の奥にある気持ちまで、ちゃんと見れているの？　って。そんな感じのことをね」

「へえ、そうなんだ。すごいね。だれ？　このクラスにいる？」

わたしが彼の頭のほうを見ていたからか、松尾が寝ぐせを気にするように自分の髪を撫でた。

「はは、いないよ。でもお祖母ちゃん、その時にはもうボケてたみたいだし、そこまで考えていたかは、今となっては謎なんだけどね」

わたしは教壇から飛び降りて、でもさ、と続けた。

「たまに思わない？　なんか、わたしたちって大人に言われたこと、とくに小さかった頃に言われたことって、心の深いところまで釘みたいに刺さってる。そんな気がすることってない？」

「うん、あるかも。だけど、新堂さんの釘が、お祖母ちゃんのネグリジェ、ってのは笑えるよ。なかなかないよ、そんなの」

真顔を保つのに堪えきれなかったのか、松尾が噴き出した。

「だよね。でも、だとしたら、わたし、ちょっといい子じゃない？」

わたしが冗談で笑うと、「まあ、いい子かは、わかんないけど」と松尾はわたしの言葉をさらりと流し、黒板の粉受けからピンク色のチョークを手に持ち、なにやら描きはじめた。

「あ、掃除したばっかりじゃん」

「うん、いいよ。どうせ、きれいにするのはぼくだから」

言われてみれば、そうだった。松尾はチョークの上下の先端を親指と人差し指で持ち、側面を滑らせるように黒板に弧を描きはじめた。同じ要領で、水色と黄色と白を重ねる。色のついた薄い被膜を重ねていっているように見えた。夜空に広げた羽のようだった。五年生の時、たった一学期の間だったけれど、今みたいに放課後に残って、黒板に落書きしては、二人で掃除していたことを思い出す。右半分が松尾、左半分がわたし、というといつの間にかできたルールは、どちらから言い出したことだったっけ。「新堂さんは、色のセンスがいいね」あの時、松尾はわたしにそう言ってくれた。

わたしは松尾の横に並び、粉受けのチョークの粉を指先におしつけた。手の甲に広げてみると、あの日、部屋の床にこぼしてしまったアイシャドウの粉よりもずっと薄い色だった。

思い込みはどこにだってある。わたしは黒板のほうを向いたまま、「でさ」と、言った。

「さっき言った人、女子大生なんだ。野鳥オタクなの。けど、見かけによらず言い方がキツイの。なんなのよ、ってかんじ」

「へー面白いね。会ってみたいや」

「面白い？　ぜんぜんだよ。だけど意外に気が合うかもね、松尾と」

橙色のカナリアを飼ってるんだよ。わたしを助けてくれたの。グチをこぼしながらも、心の中ではきつい言葉の中に彼女の優しさがあることに、なんとなく気がついていた。

教室の窓から見えるぽっかりと浮いた雲は壁紙の柄の一部のように動かなかった。それなのに、地上ではサッカーボールの放物線が歪むほど強い風が吹いていていた。

「このノート、クラスメイトへの恨みばっかり書いてあるんだと思ってた」

皆もきっとそう思っている。教壇に置いたままだったノートを、松尾のブレザーのポケットにそっと返した。松尾が、チョークを動かす手を止めた。

「べつにいいよ。人って、相手の自分が知らない部分に、自分の見たいものを勝手に当てはめる機能がついてるんだって。だから、つまり、この教室には三十八通りのぼくがいるってことになる。すごいよね」

自分の大切なノートを、恨み節ノートなんて言われても、顔色ひとつ変えない松尾のことをちょっとだけすごいな、と思った。

「松尾が三十九人かぁ。じゃあ、黒板めっちゃきれいになるね」

冗談っぽくからかうと、

「全員、黒板係ってこと？　さすがにムリだな」

と、松尾が笑った。

「ね、黒板はこのままにしておこう。きれいだし」

「でも……」

「先生が気づいて消すかもしれないし、もし万が一、月曜日にまだ残ってたらわたしも一緒に消してあげる」

教壇横に置いていた鞄をつかみ、「そろそろ帰る?」と訊いた。

「うん、帰る」

ブレザーに付いた粉を手で払う彼を見つめながら、もう少しだけ松尾と話していたいと思った。罰ゲームのことなんか忘れるくらいに、わたしは心からそう思っていた。

お風呂から上がるとスマホが点滅していた。現実はいつもぴったりとわたしに寄り添っている。タオルで髪を拭きながら、メッセージを確認する。萌花たちとのグループラインだった。

〈罰ゲームおつかれ☺。で、どうだった?〉

あれは罰ゲームだったんだよな、と、今になって思う。

〈松尾といっしょに帰ったよ〉

すぐに返信した。

〈ミクよくやった。えらい〉〈ウケる。松尾とかまじでムリ〉〈どんなだったか、また聞かせてね〉〈明日のお買い物、一緒にいこう〉〈新しくできたショッピングモール、楽しみ〉絵文字の盛り込まれたメッセージを見つめながら、それでも、宙に舞うチョークの粉が、膨らんだカーテンが、二人で笑った声が、黒板の落書きが、帰り道に立ち寄ったコンビニが、ジュースだけじゃなくて豆腐も買っていた松尾のことが、頭の中に浮かんできて胸が苦しくなった。

〈今日はちょっと疲れたから、もう寝るね〉

猫のハッピーなスタンプを打って、床に寝転んだ。

思い立って、スマホのクラスラインから松尾颯太を探した。スクロールして見つけた何の変哲もない白い雲のアイコンに、てきとーすぎ、とひとりで突っ込んで笑ってみる。

微かにほてりの残った指先で、液晶に文字を打ちこむ。

〈もしも、小さな頃のわたしの小さな脳みそが、勘違いしてわたしに埋め込んだ釘だとしたら、抜きたいかも〉

気がつくと送信ボタンを押していた。こんなこといきなり送られたって、困らせるだけなのに。バカみたい。送信取り消しを押そうとした瞬間に既読がつき、メッセージが来た。

〈抜きたいって思ったのなら、もう、とっくに抜けてるのかもよ〉

文字なのに、松尾の声で聞こえた気がした。

すーっ、とお腹のあたりが緩んでいくのを感じた。心地よく目蓋が重たくなった。自分の息づかいを鼓膜で感じながら、わたしは眠っていた。

廊下を伝ってわたしの部屋までコーヒーの香りとパパとママが話す声が聞こえてきた。日曜の朝は、ママの学校も休みだから自分でトーストを焼かずにすむ。今日も萌花たちと出かけると言ったら、たぶん「テスト近いんでしょ。勉強しなさい」と小言のひとつでも言われるのだろう。

いつもなら鏡の前であれこれ洋服を選ぶのに、そんな気にもなれなくて、部屋着のフードワンピのまま机の椅子に座り引き出しをあけた。彩乃さんに初めて会ったあの日、ポケットに忍ばせていた小石が、洗濯機の中でカラカラと音をたてて回っていた。ママに「大事なものなら、ちゃんと出してから洗濯カゴにいれなさい」と叱られた。とくに大事というわけではなかったけれど、捨てる気にはなれなくて机の引き出しの中にしまっておいた。ポーチの中からプチプラのアイシャドウをいくつか取り出し、机の上に置いた。それを指にとり小石に色をこすりつけてみる。ただの小石が、一瞬で違うなにかに変わった気がした。ふいに机がふるえて、横に置いていたスマホを見ると画面が点滅した。萌花たちだろうと、ラインのアイコンをタップした瞬間、写真が目に飛び込んできた。よく見ると、誰かが砂地に横たわり体を丸めている。

なにこれ、と口から洩れる。誰かのいたずらだろうか。

目を凝らして見た。写真の中のそれが松尾だと分かり、小さく悲鳴をあげた。一気に体中が粟立つ。写真を拡大すると、黄色い塗装のはげた砂場の木枠が見えた。けやき公園？　すぐ近所だ。家から五分もかからない。撮影の日時を確認すると五分前だ。動悸を呼吸でおさえて送信者を見る。

え、野田唯人《ゆいと》？　先輩……どうして？

〈つきまとわれてたんだろ。もう大丈夫だよ。潰したから〉

その一文に、目の前が真っ白になる。潰したって、なに？　松尾につきまとわれてなんかない。萌花たちとの罰ゲームで一緒に帰っただけだ。松尾はなにもしてない。全く関係ない――。

とっさに玄関を飛び出し公園まで走った。公園に着くと、鬱蒼《うっそう》と茂ったけやきの木が風でざわつく中、砂場の上に倒れている松尾を見つけた。すぐさま駆け寄り、「松尾！　大丈夫？」

と声をかけた。だいじょうぶ、と、力なく開いた口角に砂まみれの血が滲んでいる。興奮でわたしの胸は上下していた。

「は？　どういうこと」

その声に顔を上げると、野田先輩が顔を歪めていた。

「松尾、大丈夫？　起きれる？」

起き上がりかけた松尾に、心の中でごめんなさいと何度も何度も唱える。

「てか、なんなの？　ミクがコイツにつきまとわれてる、って写真付きでまわって来たんだけど。それを見て見ぬふりする男のほうがよかったってこと？　それとも二股？」

「してない」

野田先輩を見上げるように睨んだ。

「じゃあなんで一緒に帰ってる写真が送られてくるわけ。この前、俺を拒んだのも、コイツのせいなんじゃないの？」

「ちがう」

「じゃあ、なんだよ」

萌花たちとの罰ゲームだったと正直に告白すれば、きっと野田先輩は許してくれる。だけど、もしそれを知ったら、松尾は――？

「わたしから誘った。一緒に帰りたかったから……」

先輩の口元が歪んだ。そんな先輩から目を逸らし下を見ると、砂に埋もれかけた松尾の手が見えた。一昨日の放課後の教室でのできごとが脳裏をかすめた。誰に遠慮することもなく、あの時間、わたしのままでいた気がしていた。そして、松尾のメモ帳に書いてあった言葉が、自分の意思とは関係なく、わたしの胸の奥深くに残っていた。

「先輩に憧れてた。でも、もう別れたい……」

わたしは自分に足りないものを、野田先輩という存在で埋めていただけなのかもしれない。声が震えてしまうのを、ワンピの袖をつかみ抑えた。野田先輩に罵倒されるだろうか。松尾の言う通り、わたしも野田先輩に自分の見たいものを見ていた。だから、先輩に勝手だとキレられてもおかしくはない。

だが、先輩はしばらく黙ったあと、呟くように言った。

「……べつにいいんじゃない？　相手が別れたいっていうなら終わりだよな。どうせ卒業までだったし」

一瞬、強い風が吹いて頬をかすめていった。へたり込んで砂の上に座る松尾が、口角の傷に触れて顔をしかめている。捲っていた制服のブレザーの袖を戻し、前髪をふるっと震わせた野田先輩は「部活だから、行くわ」と大きなスポーツバッグを肩にかけた。

のぼせていた頭の熱がすっと冷めてゆくのを感じた。

月曜日の放課後、萌花にクレープを食べて帰ろうと誘われた。読者モデルの二次通過のお祝いらしかった。ついでに、わたしの傷心をいやす会もするとみんなは張り切っていた。

「ごめん。今日は予定があるんだ。最終面接受かるといいね。ガチで応援してる」

「なにそれ、つまんなーい」

そう言って膨らんだ萌花のほっぺたを軽く押す。いつもみたいに萌花の腕が絡まってきた。なぜだろう、自分でも不思議なくらい羨ましいという気持ちが消えていた。どうしたら誰かと対等でいられるかなんて、そんなことに答えはない気がしていた。共通点を探すよりも大事なことがある。そんな気がしていた。

学校の図書室で配色パターンの本を一冊選んでから、詩のコーナーにも行き、手を伸ばすわけでもなく背表紙を眺めた。不釣り合いな場所にいる自分がおかしかった。

〈今、図書館にいるんだ。おすすめがあったら教えてほしいの。わたしでも読めそうなやつ〉

メッセージを送信する。

〈ぼくもいるよ。新堂のちょうど裏のコーナー〉

振り向くと、本棚の隙間から松尾が手をあげた。口角の傷がまだ赤く腫れていた。

「ちょっと、こわいってば」

ぬっと本の間から顔を覗かせた松尾に本気で引きつつも、わたしは笑った。

「ねぇ、この後ってなにか予定ある？」

「べつにないけど」

松尾が一瞬戸惑ったように口を結んだ。

コンビニでジュースを買って、飲みながら河原までの道を歩いた。松尾の手には豆腐の入った袋がぶら下がっている。お父さんは豆腐料理が好きらしい。これから彩乃さんに会うことは、松尾にはまだ言っていない。たぶん二人は気が合うだろう、そんな風に思った。

河川敷に着くと、彩乃さんがわたしに気がついて微笑んだ。

「あれ、誰?」

「前に話したでしょ。例の野鳥オタクの女子大生だよ」

わたしが小声で冗談っぽく言うと、松尾がとっさに頭を下げた。

彩乃さんがわたしたちに近づき、松尾に「はじめまして」と微笑んだ。夕暮れの束の間、わたしたちは、時の隙間に身を潜めるように並んで腰をおろした。太腿の裏にあたる草がこそばゆかった。濁った川は相変わらず紫色に光って底が見えなかった。それでも陽に温められた風が土手の草をやさしく揺らしていた。

松尾は緊張しているのか、借りてきた猫みたいに膝を抱えて黙っている。

「ケガはもう大丈夫?」

彩乃さんが問うた。

「うん、かさぶたになってる」

「よかった」

わたしはこの先もいくつもかさぶたを作るのだろうと思う。そうやって色んなことを知って大人になってゆく。

「あ、そうだ、松尾。彩乃さんにも見せてもいい? ほら、あのノートのポエムみたいなやつ。

きっと好きだと思うんだけどな」

松尾に訊くと、「え、うん」と戸惑いと照れの混ざった顔で頷いた。ブレザーのポケットからノートを取り出し、彩乃さんに手渡した。本当にいいの？　と、彼女が遠慮がちにページをめくる。わたしにはあんなに拒んでたくせに、彩乃さんにはすんなりとノートを差し出す松尾が可愛かった。そういうのは理屈ではなく、きっと兆しだ。呼応の兆し。

川面から突き出た流木の上でカワセミが羽を広げたのが見えた。夕焼けを纏うその姿に、一瞬、あのカナリアが飛び立つ姿に重なり、光る雲の切れ間へと飛んで行く様を想った。

ノートから目を離した彩乃さんがふいに顔を上げ、そして、思い立ったように言った。

「ミクちゃんのお祖母ちゃん、やっぱりあなたのことがとても大切なんだと思う。だって、〝よりどりみどり〟って、あなたが自分で好きに選んでいいって、確かそんな意味でしょ？」

彩乃さんは優しい表情をうかべ、ありがとう、と松尾の手にノートをそっと返した。彼は満足そうに照れ笑いをして、ポケットにそれをしまっている。

あのね、と声をかけると、彩乃さんが、なに？　とわたしに微笑んだ。

「ほら、前に彩乃さんわたしに言ったでしょ？　ポレちゃんみたいとか、色がない的なこと。あれ、正直キツかったよ。めちゃ落ち込んだ。でも、それなら、自分の好きな色をこれから選べるんだって思うことにしたの」

少しずつ色を足しながら、飛び立つ日を待ち望んでいる。

その時広げる羽の色が何色なのか、今はまだ分からなくても。

肉桂《ニッキ》のあと味

「ねえ。姉貴、聞いてるの？」

昨日、宝源堂《ほうげんどう》で買ってきたニッキ餅の最後の一つを、台所でこっそり食べ終え、リビングにいる弟の裕也の問いかけに応える。

「聞いてる。だけど、独身の私にその相談する？」

「そう言われても、女友達に相談できる話でもないからさ」

製薬会社に勤める裕也は、夫婦関係の悩みを相談しに、仕事帰りに私の家に寄っていた。相談相手に選んだ十歳年上の姉が、五十にして未だに男性経験がないことを知りもせずに。

「ミサが夜勤じゃない夜くらいは、ゆっくりしたくてさ」

台所にいる私に向かって、裕也が声をはる。冷蔵庫から缶ビールと冷やしておいたグラスを取り出し、リビングに戻ると、裕也は心ここにあらずといった表情で「ミサは色々頑張ってくれていたんだけど……俺のほうがどうしても、その気になれなくて」と呟き、もみあげを撫でていた。返す言葉が見つからなかった。

仕事柄、百貨店のランジェリーサロンで、お客のバストサイズを測りながら性の悩みを聞かされることがしばしばあるのだが、マダム達の話によれば、夫婦の問題は放置しておけばおくほど深刻になり燻り続けるらしい。つい先日もそんな話の流れから膣の劣化の話題になり、本来はこちらが営業をかけるはずがエステサロンを経営するマダムの営業トークに引きこまれ、よもぎ草を煮た蒸気を、膣口から体内に吸収させるという、自宅用のよもぎ蒸しセットを購入してしまった。「今はよくても、後々ね……ほら、膣の劣化が進むと下から臓器が出てきちゃったり、ってのも意外とよくあるらしいわよ」そう言って顔を顰《しか》めるマダムに、もう脅さないでくださいよと苦笑いを返しつつ受け流していたのだが、「なんか、よもぎって煮るとシナモンみたいな匂いになるのよね」という彼女の一言を聞き、気づけば自分から「それ、お店に行けば買えますか」と尋ねていた。

中年期真っ盛り。悩みの種類は違うものの、姉弟そろって性に翻弄されているらしい。私が黙って裕也の前に缶ビールとグラスを置くと、我に返ったように裕也が缶のプルタブを引いた。

家に来るなり弟が始めた話によれば、結婚十年目になる妻のミサちゃんとは長い間性生活がなく、とうとう今朝、彼女から離婚も考えていると切り出されたそうだ。二人には小学生の息子の和樹がいる。地域の子供サッカーチームに入った初日に撮った、ぶかぶかのユニフォーム姿の写真をミサちゃんが見せてくれたことがある。緊張していたのか、小鼻を膨らませた甥の顔が、幼い頃の裕也と瓜二つで噴き出した。

「なんか最近、あっちのほうもしょぼくれてきてさ。使ってないと、年々そうなってくるらしいんだけど……ますます自信なくなってくる。だから、ミサには見られたくないんだよ。『裕君にとって私はもう女じゃないんだ。辛いな』とか言われると、俺も辛いよ。でもさ……だからって」

一度言葉を止め、苦虫を噛み潰したような表情で、グラスのビールを飲みほした。弟のその顔につられ私も眉根が寄ってしまう。身内の性生活を知るのはやはり複雑だ。話を聞いていると、ミサちゃんとまだあどけない和樹の顔も頭に浮かんでくる。中年男の口から出るワードがひどくリアルに聞こえ、私は洩れそうになる動揺を隠そうとゆっくり瞬きをした。いつになく慎重に言葉を選んでしまう。

「今話したこと全部そのまま、まずミサちゃんに伝えてみたら？　きっとミサちゃんは自分のせいだと思い込んで心を閉ざしちゃってるんじゃない？　私に話すよりも、本人同士で、ね」

「わかってるよ。だけど、前に姉貴が言ったんだよ。『夫婦の悩みがあったら何でも言って。仕事でマダム達の体験を聞いてるから、役に立てると思う』って」

確かに昔言ったかもしれない。だが、それは裕也が結婚する前の話だ。裕也の婚約が決まった嬉しさとお酒の勢いもあり、つい大口をたたいてしまった。そんなことを覚えているとは。ますますヘタなことは言えないと思いつつも、正直、いくつになっても頼れる姉でいたい。力なく項垂《うなだ》れる弟を横目に、私は口を噤んだままテーブルの上にあったヘアターバンで前髪を上げた。まばらに落ちてくる産毛がこそばゆい。最近、鏡に向かうたびに額の皺が目につくようになり、昨夜、顎下まであった前髪を自分で眉上まで切ってしまった。

「自分の弱い部分をさらけ出せてこそ夫婦でしょ？　残りのビール飲んだら家に帰りな」

弟が相手だとつい説教じみてしまう。

「え、もう？　久々に会ったのに冷たいなあ。そんな簡単じゃないんだって」

髪が細くなった裕也の頭頂部を見つめながら、難解ならば尚更独身の私に訊かないでほしいと心で呟く。幼い頃おねしょをして、濡れた布団から逃げるように「足が冷たい」と言って私の布団に潜り込んできた弟も、気がつけば、立派な中年のおじさんだ。

「二人だけの時間が必要なら、私も協力するから」

それくらいしか私にはできない。もしもこれが義妹にセクシーランジェリーをプレゼントして解決する話ならば、いくらでも目星は付けられる。たとえば先日入荷した下着は、体型の崩れを綺麗に隠しながら、装着したままセックスができるデザインになっているのが売りだ。閉店後に一度、商品をより知るために試着したことがあった。胸を持ち上げるワイヤーの張りの絶妙さと、レースと色合いの繊細さに感動した。けれど同時に、左右の中心部分にあいた穴から「や、元気かい？」とでも言いたげに飛び出ている自分の乳首が、裸よりも生々しく見えてすぐに脱いだ。そんな熟女用ランジェリーもあるにはあるが、小姑の私がしゃしゃり出れば、かえって夫婦仲をこじらせることになりかねない。とにかく、早く帰ってミサちゃんと向かい合うことが一番の近道なのだ。

半ば強引に弟を玄関へと促すと、大きな溜息が聞こえた。革靴を履く弟の背中から、靴ベラをそっと手渡す。

「で、姉貴はどうなの」

「どうって？」

「このまま独り身を貫き通すつもりかってこと。ぱっと見白髪もないし、年齢より若く見えるのにもったいないんじゃない」

冗談を言う口ぶりで裕也が笑う。私は首を横に振った。髪の根元は定期的にリタッチカラーをしているし、社販で買った最高級のガードルで姿勢を保ち、はみ出た肉を収めている。年を取らない人間がいるわけがない。弟の言葉を有難く受け取り、何歳かサバを読めていたとしても現実は変わらない。

「私だからいいけど、外であんまりそういうこと言わないのよ。褒めてるつもりだとしても」

「そこまで敏感にならなくてもさ……年齢なんてただの数字だろ」

いつだったか不倫ドラマの番宣で私と同年代の女優が言っていた言葉だと思う。そうかもしれないが、女優の言葉を引き合いに出されてもどこか説得力に欠け、既婚者の、しかも肉親に言われても、ただの慰めにしかなりはしない。私はヘアターバンから落ちてきた産毛を額に摺りつけた。

「ありがとう。ほら、とにかく早く家に戻りなさい。和樹も待ってるよ」

私はできるだけ優しい声で言い、弟の背中を叩いた。

午後二時を過ぎていたが、宝源堂の入口の磨《す》りガラスの引き戸には鍵がかかっていた。今日は定休日ではないはずだ。店舗の裏に回り、自宅兼工場の勝手口をノックする。中に入ると、小さな和菓子工場の中央に置かれたステンレスの作業台で、餡を練っている悦子《えつこ》さんの姿があった。割烹着《かっぽうぎ》姿の小さな丸い背中が、三ヶ月前に寄った時よりもさらに縮んで見える。着替えていないのか、割烹着の下は薄い小花柄の寝間着のズボンのままだった。私が以前、勤め先で選んでプレゼントしたものだったので一目で分かった。

「大丈夫なの？　開店時間から二時間も過ぎてる」

背中に思わず声をかけると、振り返った悦子さんと目が合った。

「ああ。あんた、また来たのかい」

出会ったばかりのころ、悦子さんは私のことを〝明日香《あすか》ちゃん〟と呼んでいた。嫁姑にはなれなかったが、航大《こうだい》の母である悦子さんとは伯母と姪のような関係が今でも続いている。

調理場に足を踏み入れた瞬間、濃いニッキの香りが鼻の奥へと抜けてゆく。航大の匂いだ。どんなに汗をかいていても、彼の体からはほのかなニッキの香りが漂っていた。ニッキとはシナモンのことで、媚薬としての効能もあるらしい。だが、彼の朴訥とした雰囲気のせいか、その匂いをかいだ私が熱情に狂うなんてことはなかった。「いくら嗅いでもムラムラしない。それよりお腹減ったな」私がそう言うとどこか悔しそうに笑っていた彼を思い出す。

彼がこの宝源堂を継いでからは、彼から匂い立つ香りはもっと濃くなった。

店の軒下に掲げられた〝創業百年　宝源堂〟と書かれた欅《けやき》の無垢板の看板は、老舗ならではの重厚感を漂わせている。私達が婚約する一年前に、航大はこの店を継いだ。歴史ある物は残しつつ、若者でも入りやすいように、レトロモダンな内装にしたり、包み紙も変えるのはどうだろう、などと語っていたが、今も包み紙には変わらず白地にこげ茶色の〝肉桂〟の二文字がおどり、店内は創業当時のままだ。二十二年前、私はここに嫁ぐはずだった。

調理場の壁にかけられてある白い和帽子には、彼が亡くなる前日、シナモンを煮出している時に跳ねた茶褐色のシミが薄く残っている。そのシミにそっと触れてから、調理場の奥へと進んだ。

「定時に店を開けたって誰も来やしないよ」

悦子さんの声で我に返る。

「三吉《みよし》の婆さんは、三時に取りに来ると電話があった。孫たちが遊びに来るんだってさ」

表情を変えずに、彼女は手についた粉をパンパンと払っている。

ねえ悦子さん、寂しくない？　一緒に暮らそうか——。

時折胸から込み上げてくる無責任な提案が、口から出てしまわないように喉の奥で溶かす。七十四の悦子さんが一人で店を切り盛りしてるため、一日に棚に並ぶニッキ餅の数は限られている。以前はあった他の和菓子の見本に貼られた「完売」と書かれた和紙はもう何年も前からよれてくすんでいた。

「それで、今日はどうした？　この前来たばかりだろ」

私と目を合わせずに悦子さんが言った。

「もちろん、ニッキ餅が食べたくなったの」

「飽きないねぇ、あんたも。デパートに勤めてるんだから、もっと美味しいお菓子は他にも沢山あるだろうに。まったく、三吉の婆さんと同じだね」

「そうだね。前は三、四ヶ月に一回で良かったのにね。何でかな。最近は前にも増して体が欲するの。三吉のお婆ちゃんは、三日に一回でしょ？　食べてきた年季の差かしら」

もちろんその言葉に嘘はなかったが、一人で暮らす悦子さんの様子を見に、という目的もある。彼女の次男の信也《しんや》さんは妻と一人娘と共に海外赴任している。航大が亡くなってすぐの頃は、身勝手だと心の中で彼らを責めていたが、もし、信也さんがここを継いでいたら、今のように、私が自由にこの家に出入りすることは出来なかっただろう。

私は調理場で作業をする悦子さんの隣に立った。

原料は砂糖と糯米《もちごめ》、小豆、ニッキ、じゃがいも澱粉《でんぷん》のみ。それらを絶妙なバランスで配合し、唯一無二の繊細な店の味を守り続けている。彼女の細い指先が、柔らかな求肥《ぎゅうひ》で餡を器用に包む。彼を失った二人分の悲しみを優しく包んで、指の先で綴じてゆく。

「ねぇ悦子さん。前に言ったことがあったでしょ。うちの百貨店の銘菓コーナーに少しでも置いてもらうよう頼んでみるって話。考えてくれた？」

「考えてないよ。そういう話は、昔から一切断ってきたんだ。航大がいれば飛びついただろうけど……私一人ではねぇ、そういうことは難しくてできないよ」

それに、と一旦言葉を止め、悦子さんが割烹着で手を拭きながら、先に行って湯を沸かしておいてくれないか、と呟いた。私は店と自宅の境の上がり框《がまち》から座敷に上がり、座敷の長押《なげし》を見上げた。先祖達の遺影が順に並んでいる。一番左端には航大がいた。この一枚だけがカラー写真だ――この店を継いだ彼の人生に、私の生きる理由を重ねていた日々が、畳を踏みしめるたびに蘇ってくる。足裏がじんわりと畳に沈んでゆく。この家で生きてきた家族の足跡と重なるような感覚がたとえようもなく好きだ。その感覚が足裏から背中まであがってくると、肺が膨らみ、呼吸が楽になる。跡取り娘だった悦子さんは婿養子をもらったが、彼女が四十二の時に離婚したと聞いている。昭和、平成と女手一つで店を守りながら、二人の息子を育てあげた人だ。そんな彼女の静かな強さは、華奢な体からは想像がつかない。

私は台所に行き、やかんを火にかけた。コンロの青い炎の微かな揺れを眺めながら、航大にプロポーズされた日のことがふと蘇ってくる。

「やっぱり、結婚式まで待とうか。ここまできたら、最初は大事にしたい」

彼はそう言って名残惜しそうに私の胸から唇を離した。私の中心に触れたまま「うちの餅の柔らかさと、いい勝負してる」とふざけて言い、なぞる指を止めた。私の太腿には固いものが触れていた。いつも穏やかな彼のすべての熱い細胞が、私の存在で、一点に集中し形を成すのが愛おしかった。そそり勃つ彼自身を二人で眺め「我慢だね」と笑い合っていた。幼馴染の延長で付き合い始めたこともあり、なかなか甘いムードになりにくい私達だった。あの日、航大と繋がっていたら、今とは違う未来が訪れていただろうか。少なくとも、自分も一端《いっぱし》の女であるという証明は得られた気がする。彼と繋がった事実が一生消えぬ焼印のように私の体に強く刻まれて、であればこそそれを心の拠り所にして、他の誰かをまた愛せていたかもしれない。

今の私みたいに、自分が何を欲しているかすら曖昧になり、失ったものばかりに目を向けてしまうことはきっとなかった。

すぐに湯が沸き、古い台所に、ぴゅーっ、とやかんの音が響いた。

私がまだ二十代の頃、お茶を淹れる時は先に湯呑に湯を入れて温めておくように、と教えてくれたのは悦子さんだった。食器棚から湯呑を出しお湯を注いでいると、腰を擦《さす》りながら悦子さんが台所にやってきた。手に持った小皿には、作り立てのニッキ餅が二つのせられている。

彼女は食卓の椅子に腰かけた。茶葉を蒸らす間、私は黙ったまま、小皿の上の白い粉がまぶされた二つの丸い塊を眺めていた。もし、と思う。航大が今も側にいて、張りを欠いた私の肌に触れたなら、この体を彼は愛おしいと思ってくれただろうか。〝心を愛するよりも肉体を愛するべき。なぜなら肉体は滅んでゆくから〟昔観た映画のセリフについて、私は今でも時々考える。

「丁度いいから、あんたにも話しておこうか」

悦子さんの言葉で顔を上げた。

「なんのこと」

続きが気になりつつも席を立ち、湯呑の湯を流しているとステンレス製の古いシンクが熱を受けて、ボンッと大きな音を立てた。

「もう、辞めようと思ってるんだ。この店は閉める」

思わず手が滑り、湯呑がシンクに転がった。いつかは聞かされると思っていた。だが、それが今日だとは予想だにしなかった。転がった湯呑を拾い、軽くすすぐ。

「辞めるって、急にどうしたのよ」

思わずきつい声を出してしまったあと、数秒の間が空いた。

「……何年も前から考えてたことだよ。もう潮時だ」

「だから、私も手伝うって、ずっと言ってるのに」

「ありがとう。でもね、何度も言っているように、うちに嫁に来ていないあんたに、そこまでは頼めない」

航大が亡くなってから、私にも店を手伝わせてほしいと何度言ったか知れない。だが、その度に悦子さんは首を横に振った。何十年付き合いがあろうが、彼女にとって私はあくまで航大ありきの存在でしかないのだと思い知る。

「私の代で宝源堂は終わらせる。もう、決めたことだよ」

何の相談もなしに？　一瞬頭の中が白んだ。だが私はそんなことを言える立場にはない。

「終わらせるって、これから悦子さんはどうするの？　どうやってご飯食べてくのよ」

「店を潰して土地ごと売り払う。そのお金で施設に入ることに決めてる。もう、不動産屋とは話を進めてるんだ」

湯呑をテーブルに置くと、悦子さんは口を結んだままお茶を注いだ。

「話を進めてるって、ちょっと待って。別にここを潰さなくても、たとえば、そうね……寄付を募るとか、古民家カフェをやりたい人を探して、建物自体は残してもらうとか。今ならやり方があると思う」

　つい口調が強くなってしまう。この店は航大が育った場所だ。ここが跡形もなくなれば、隙間風と共に微かに感じる彼の気配や、古い木目が吸い込んだ彼の残り香さえも消えてなくなる。航大を偲べる唯一の聖域なのだ。私の心の拠り所。彼女だって同じはずだ。同じどころか、それ以上なはずではないか。女手一つで、この店を切り盛りしてきた彼女の気持ちなど、私には到底推し量れるはずがなかった。

　それでね、と私の言葉など耳に入らなかったかのように彼女が静かに口を開いた。

「……申し訳ないんだけどね。あんたに、ひとつ頼んでもいいかな？」

「もちろん。ひとつと言わずなんでも言って」

　ざっくばらんな物言いとは裏腹に、どれだけ時間を共にしてきても、彼女が私にあらたまって頼みごとをすることはこれまでなかった。私を嫁のように受け入れているようでいて、ふとした時に彼女がみせる、絶妙な距離の取り方に心が締めつけられることが度々あった。悦子さんは遠慮がちに、テーブルの端に積まれた古新聞の間から、Ａ４サイズのパンフレットをいくつか抜き出し私に手渡してきた。

「たしか、あんたの弟さんのお嫁さんは、老人介護施設の看護師さんだったでしょう？」

「そうだけど」

「この中だったら、どこが適当か聞いといてくれないだろうか。目を通してはみたんだけど、どれも同じような内容ばかりで、自分一人では決めかねていてね」

悦子さんは誰にも相談せずに、一人で介護施設のパンフレットをすでに取り寄せていた。元気な時から入れて、介護が必要になったらそのまま面倒を見てくれる施設だ。心臓が小さく抓られる。一緒に暮らそうか――またつい呟きそうになる唇の端を、私は爪で軽く掻いた。薄皮が少し捲れた。困ったような顔で微笑む悦子さんの向こうに、母の顔が浮かんだ。父は六年前に持病を悪化させ他界してしまったが、母からは先日、フラダンスの衣装を着た自撮りの写真と仲間との写真がメールで送られてきたばかりだ。今元気でいてくれることがわかるたびにホッとするが、いつかはという覚悟も頭の中では考えている。

「信也さんには話したの?」

アメリカにいる信也さんは、もう何年も戻ってきていないと聞いた。

「もちろん話したよ。『母さんが、そう決めたのなら』って、あの子はそう言った。もともと、血だの土地だのに縛られたくないと言って家を飛び出したんだ。いくら止めても聞かなかった子だから、そんな返事が来るだろうと分かっていたけどね。いいんだよ。幸せにやってるなら、それで」

彼女はそう言ってお茶を啜った。皺の寄った口からホッと湯気が零れる。悦子さんは強がりとも諦めともいえぬ表情で微笑んでいた。私がどう言おうと、彼女の決心は揺るがないような気がした。「さ、おあがり」悦子さんに言われ、私は小皿にそっと手を伸ばした。作り立てのニッキ餅は人肌のように温かかった。口に入れると溶けるほど柔らかな求肥と上品なこし餡の甘みが広がる。そっと鼻の奥に突き上げてくるニッキの香りに、一瞬涙が溢れそうになり、それを誤魔化すように一気に頬張った。

「あんたは、ほんとうに美味しそうに食べるねえ。白い粉いっぱい口につけて」

悦子さんは呆れるように笑っている。このニッキ餅を食べられるのも今日が最後かもしれないのだ。塞がりかけていた心の穴の横に、別の窪みができてしまうようで怖かった。ぬるくなったお茶で餅を流し込んでいると、掠れた音でチャイムが鳴った。

「ああ、三吉の婆さんだ。いけない、忘れてたよ。時間が経つのは早いねぇ」

よっこらしょ、と悦子さんは席を立ち調理場のほうに戻ってしまった。

陽の入らない薄暗い台所で、私は途方に暮れていた。座敷から流れてくる微かな隙間風が頬に触れる。この家の息遣いだ。私は座敷に行きそれを深く吸い込んだ。何度も、深く息を吸い込む――自分が愛されていた証を、この身体の奥深くに刻みつけておくために、ニッキの香りの染みついたこの家の匂いを全部吸い込みたかった。


百貨店の従業員出入口を出たところで、夜に家に寄ってもいいか、と裕也からメールが入ったので了解と返信し、デパ地下でお惣菜を買った。だが帰宅しても裕也からの連絡が来ない。先日買ったよもぎ蒸しでもしながら待とうかと迷ったが、姉弟であれ到底見せられる姿ではないと思い直しＤＶＤを観て待つことにした。

夜はいつも通販で買ったイボ付きのマッサージ機を足裏で転がしながら、ネット配信かＤＶＤのドラマや映画を観て過ごす。何度か同僚の若い社員と飲みに行ったことはあったが、年配の私に誘われて断り辛かっただけかもしれないと思い、その後は売り場だけの付き合いに留《とど》めている。

　私は収納ラックから〝太陽と月に背いて〟のＤＶＤを選びプレイヤーに入れた。十年程前に、ほとんど外出しなくなった悦子さんの気分転換にでもなればと、当時話題作だったこともあり、誘って二人で観にいった映画だ。詩人ヴェルレーヌとランボーの破滅的な愛の物語で、大画面に映し出された男性同士のセックスシーンに、映画館を出た時の気まずさといったらなかった。帰る道すがら、二人して終始無言だったことを思い出す。貧賤な十六歳のランボーを演じたディカプリオ自身が「黒歴史」と語っている作品だ。今日の仕事終わり、同僚と映画の話になり、このＤＶＤの新品は市場には出ておらず、中古品でも五万円以上のプレミアがついていると聞き無性に観たくなった。この作品のように、年齢が増すごとに人間にもプレミアがつけば、私の心にも少しは余裕が生まれるのだろうか。ケースを開きながら、思う。ＤＶＤをプレイヤーに入れかけた時携帯が鳴った。裕也だった。

「もしもーし。姉貴おつかれ」

　明らかに口調が酔っている。居酒屋からかけているのか、受話口の向こうがやけに騒がしい。

「はい。お疲れ」

「もう少ししたら、そっちで飲み直してもいいかな」

「いいけど。でも一応言っておくと、うちは無料の二軒目じゃないからね」

　口では迷惑そうに応えながら、お惣菜を多めに買っておいて良かったと思った。ミサちゃんとの件についても気になっていた。その報告かもしれない。

「まあまあ、そう言わないで。懐かしい奴も一人連れて行くから」

「懐かしい人？」

「昔の友達だよ。姉貴も知ってる。今来たハイボール飲み終わったら出るから。よろしく」

受話口から「はい、ありがと」と店員に声をかける弟のくぐもった声がして、プッ、と一方的に電話が途切れた。泥酔した中年男達が、今から家に来るのか。弟だけならばパック容器のまま出すつもりだったが、そうもいかなくなり、私はお惣菜を洋皿に盛りつけた。あいつめ、まったく。人を連れて来るなら前もって言ってよ。そしたら早めに準備できたのに、と独り言ちながらも、飲み会のようなこと自体が久々で、なんとなく心浮き立つ自分がいた。化粧のはげた肌を軽くクッションファンデーションでおさえ、消えかけた眉毛を描き足し、床にフローリングワイパーをかけた。そうこうしているうちに、エントランスのオートロックのチャイムが鳴った。来客モニターに裕也の顎のアップが映し出され、酔った男の上機嫌な声が響いた。溜息が出る。やることがまるで学生だ。中年男が情けない。想定以上の酔っぱらいぶりに、一瞬、居留守を使いたい気持ちが芽生えつつ、ロックを解除した。

しばらくして部屋のチャイムが鳴りドアを開けると、

「お邪魔しますよ。はいはい、ここで靴をお脱ぎください」

顔を紅潮させた裕也がずかずかと中に入ってくる。

「もう。飲み過ぎじゃない？」

靴を脱いで揃えもせず、ふらつく足取りで部屋に入ってゆく背中に言い放ち、ドアの前で恐縮して立っている男性には「狭いですがどうぞお入りください。すみません。弟がご迷惑をおかけして」とスリッパをさし出し、短い前髪を整えた。

「こちらこそ、夜分にすみません。おじゃまします」

ジーンズにブラウンのジャケットを羽織った男性がこちらに会釈をした。裕也よりも少しだけ背が高い。数秒私を見た彼の目元が、微かに緩んだように見えた。穏やかそうな人だ。知り合いだっただろうかと考えながら会釈を返し、笑顔のまま視線を逸らし中へと促した。リビングから「うわ。美味そう。急にもかかわらずサンキュ〜」と呂律の回らない呑気な弟の声がした。人の気も知らないで。男性と目が合う。わざと私が顔を歪ませた拍子に、

「これ、近くのコンビニで買ったものですが」

と缶のお酒とつまみの入ったビニール袋が差し出された。彼のほうは弟ほど酔っていないようだ。それだけで少し気が楽になった。お礼を言ったあと、ローテーブルの上にお惣菜の皿と一緒に並べた。来て早々にラグの上で胡坐《あぐら》をかく裕也が「お前も座れよ」とラグをポンポンと叩き彼に声をかける。もう酔っ払いに何を言っても無駄そうだ。

「ソファでも、どこでもお好きなところに」

と私は彼に言い添えた。

「姉貴、コイツのこと覚えてない?」

弟に言われ彼の顔を再び見た。切れ長の奥二重の瞳がこちらを見ている。右頬に小さなほく

ろが二つある。記憶の糸を手繰り寄せてみるが、やはり見覚えがなかった。

「依田《よだ》です。ご無沙汰しています」

そう言って軽く会釈をされたが、名前も聞き覚えがない。昔からの友人ならば弟の結婚式に参列したはずだと思い、とりあえず話を合わせようと「……ああ。たしか、裕也の結婚式の時にお会いした……その節は」と会釈をすると、

「おいおい適当なこと言うなって。コイツは、その時期は研修でラオスに行ってたから、結婚式には来れなかったの」

弟が呆れるように笑った。よく考えてみれば、弟と共通の友人などそもそもいない。

「高校の時、しょっちゅう家に遊びに来てただろ？　飯田《いいだ》とか山下《やました》とかと一緒に。姉貴、たまにお茶とか菓子とか部屋に運んでくれたよな」

それなら忘れていても仕方がない。高校生男子はどの子も同じような雰囲気で、正直、見分けがつかなかったし、汗と土埃臭い部屋の中で、ニキビ面の数人の男子達がゲームをしながら騒いでいた印象しか残っていない。

「あ、あの……包帯です」

包帯。彼のその一言で、一気に記憶が遡ってゆく。確かにいた。しょっちゅう怪我をして腕に包帯を巻いていたスポーツ刈りの少年が——。

「ああ。思い出した。いたいた。包帯の。あの包帯くん？」

はい。はにかんだ男性の顔に、その時の少年が重なる。うちに来るたびに部活で怪我をした

と話していた。ふいに懐かしさが込み上げてくる。たしか裕也が高校二年のときだった。二十七歳だった私は航大と婚約する前だった。

「そう。大きくなったわね」

つい口をついて出たが、「ははは。四十のおっさんに、さすがに、大きくなったわね、はないだろ」とすかさず裕也に突っ込まれ、すぐに「立派になられて」と言い直し微笑んだ。

三人で乾杯をしたあと、しばらく私は彼らの懐古談に耳を傾けながら、ビールのグラスを片手に笑っていた。こんな風に声を上げて笑ったのはいつ以来だろう。聞くところによると、依田は今、総合病院で小児科医をしており、五年前に、町医者の一人娘と離婚をしたらしかった。いつも腕に包帯を巻いていた少年は小児科医になっていた。彼らの会話にのべつ参加するつもりはなかった。私は台所に行き朝食用のお米をといだり、麦茶を沸かしたりと雑用を済ませていたが、時々、二人の会話が台所にいる私の耳に入ってきて自然と聞き耳をたててしまう。

「そりゃ、きついわ」

弟の声に、なになに、と鼓膜が敏感に反応する。

「まあな。仕方ないのかもしれないけど。田舎の町医者の婿養子となると、やっぱり義理の両親が色々とさ。自分のほうにも注文が入るわけだ。そうなると、ますます彼女のほうが神経質になっちゃって……」

いつしか話題は夫婦関係の悩みになっていた。私は台所から戻るタイミングを失い、シンクにもたれながら、彼らのために茹でた枝豆をつい摘んでいた。

「だけど夫の立場からすればだよ。『精力をつけなさい』って妻の排卵日に、義母のスタミナ料理が届くわけだろ？　何回トライしたかまで親に報告してるんじゃ、そりゃぁ居心地悪いって」

弟の声に同調し、そりゃたしかに、と私は台所で頷いた。

「自分としては、義務じゃなくて、愛情表現の一つとしてそういう営みをしたかった、というか、ずっとセックスはそういうものだと思っていたからさ」

参加したところで、私が入っていける内容ではなかった。ほろ酔いにまかせ、実はこの年になるまで男性経験がないと言ったら、彼らはどんな顔をするだろう。見てみたい気もする。お酒の席での冗談だと思うだろうか。それとも、哀れそうに顔を顰めるだろうか。けれど、現実に今ここにいる。男女の交わりなど簡単そうでいて、そんな機会は、そうそう訪れはしない。一度でも男性経験があれば、その後も遊びの付き合いだってありえたかもしれないが、私には高すぎる壁がある。四十代の同僚のように、お見合いサイトに登録する勇気もない。

よもぎ蒸しセットが自宅に届いた日、マダムのアドバイスを思い出し、思春期の女子のように手鏡を股の間にあて、自分の指を差し入れてみた。だが、快楽どころか第一関節しか入らず、おまけに激痛に苛まれ、私は手鏡を片手にしばらく悶絶していた。

〈私たちの世代ってみんな似たようなものだから大丈夫。長い間セックスとは無縁に生きて来た女性って意外に多いよ。言ってしまえば、バージンと同じ。痛いよね。私もそうだった。でも少しずつ慣らしながらでも、ほぐしてケアしてあげなきゃ。あ、それと、こんな商品もある

んだけど、もしよければ〉

マダムからのメッセージの中にあったバージンという言葉に、一瞬だけ、自分も同世代の女性達と横並びになれた心持ちがした。痛いのはもうたくさんだと思いつつも、彼女のサロンのHPを開いてみると、ヘアスタイリング用のコテのような白いプラスチック棒が目に飛び込んできた。家庭用の膣ハイフ。どうやら赤色と青色のLEDを膣内に照射するらしい。指一本すら入らなかった私の穴に、こんな長いプラスチック棒が入るわけがない。しかも赤と青に放たれる光がヒーローものの男児の玩具みたいで、私は苦笑した。男性との通過儀礼をすっ飛ばして、コレのお世話になりたくはない。そんな事を考えながらも、画面の隅々まで眺めてしまう。HPの下のほうにあるコーナーは、どうやら男性器のケア用品らしかった。見た目は美顔器と変わらない。そのスタイリッシュな形状に、この世はなんて性に貪欲なのだろうと思った。

裕也たちの笑い声がして我に返り、私はミルで砕いた岩塩を枝豆に振りかけた。

「分かる。でも、俺んとこは今、その愛の行為を怠ってる、って離婚されそうになってる。子供がいて、長年夫婦やってるとそんな雰囲気にもならなくなるわけよ。だけど、そんな日々の安らぎこそが愛だと俺は思うわけ」

俺らもセカンドチェリーに片足突っ込んでるな、という中年男達のやるせない乾いた笑い声に聞き耳を立てながら、夫婦間の悩みを友人や姉に相談するほど苦慮している夫を持つミサちゃんに、微かに嫉妬する自分がいた。贅沢よ。ちゃんと愛されてるのに。けれど私がそれを彼女に伝えたところで、煩《うるさ》い小姑に成り下がるだけだ。

「まあな、おまえのとこは子供がいるし、男と女というより、どうしても父ちゃん母ちゃんになってしまうのかもな」

「そうだな。でもいいよな、独身貴族は。縛りってもんがなくて」

弟のその言葉に心が反応する。

「そんなこともないけどな。そういえば、和樹くんは元気か？」

「ああ。元気にしてるよ。ただ、うちはミサと休日がずれることが多いから、休日でも家族三人で出かけることが少なくてさ、サッカーのない休日はつまらなそうにしてる」

しばらくその話題が続きそうだったので、私はトイレに行き、洗濯乾燥機を回して、二人が静かになったタイミングを見計らい、何も聞いてないような顔をして、枝豆の皿を片手にリビングに戻った。

「すみません。つい、長居してしまって」

依田が申し訳なさそうに頭を下げてきたので、私は慌てて、

「全然大丈夫。私のほうは気にしないで」

と言い、小皿に二人分ほどしか残らなかった枝豆を彼らの前に置いた。

「そういや姉貴、今度の日曜って何か予定ある？」

枝豆に手をのばし、弟が問う。

「ううん。今のところ特にないけど」

じゃあ、と言って裕也は胡坐をかいていた足を正座に変えた。

「もし良ければ、和樹を頼めないかなと思って。いやさ、実はミサも今度の日曜は休みなんだ。本当は家族三人で出かけたい。だけど正直、今みたいに険悪な雰囲気のまま出かけても和樹が可哀そうだろ。ほら、子供って敏感だからさ」

あとさ、と少し言いづらそうに裕也が続けた。

「ミサと二人きりで過ごして、色々話したいと思ってる」

「いいと思う。そうしなさいよ」

私は即答した。

「うん。なんか、色々ありがとう」と裕也が軽く会釈をしてきたので、私は唇を引いて微笑んでから、皿に残っていたスナップエンドウとイカのサラダを自分の小皿にのせた。

そういやさ、と裕也が口を開いた。

「姉貴の結婚が決まった時、おまえ学校休んだよな?」

依田が目を微かに見開いた。だが、すぐに穏やかに笑いはじめた彼を見て、弟のからかいだと察しがついた。学生時代の友人といると、年齢関係なくあの頃に感覚が戻ることがある。自分も心なしか時が戻り、つい構えてしまう。

「何か企んでるの?」

「べつに」と弟の愛想のない返事が返ってきて、私は目を眇《すが》めた。昔、似たようなことがあった。弟の部屋にお茶を運ぶと「お姉さん、コイツがデートしたいって言ってます」と、はなから計画していたように誰かが言い出し、周りは皆、噴き出すまいと笑いを堪えながら口をつぐんでいる。「お酒が飲める年になったらね」私がそう受け流して部屋を出ると、どっと笑い声が廊下まで響いてきた。なにがそんなに楽しいのだろうと首を傾げながらも、子供にバカにされた気がして、腹を立てていた若かりし日の感覚が蘇ってくる。その中にいた少年が今私の家でお酒を飲んでいると思うと、感慨深いものがあった。あの頃のことははっきりと思い出せるのに、航大との幸せだった時間は薄い靄に包まれたようで鮮明には思い出せない。彼との日々は、私が創り出した絵空事だったのではと夢と現実が曖昧になったりもした。航大を失ってから暫くは、固形物が喉を通らなかった。自分も彼の元に行けたならと願う反面、喉の渇きと空腹に耐えかねて水と栄養ドリンクを飲む日々。心には沈鬱が満ちていても体は生きようとする矛盾。仕事中に勝手に手が震え始め、壊れた蛇口のようにぽたぽたと涙が零れた。永遠に続くと思えた悲嘆が少しずつ癒えていったのは、ひとえに悦子さんの存在があったからだ。

裕也がビール缶の残量を確かめるように軽く振っている。依田のグラスに注いだあと、自分のビールを一気に飲み干した。しばらくして、ソファに寝転がった裕也が、急に電池が切れたように鼾をかき始めた。若い頃、自分は酒豪だと豪語していた弟だが、最近はそうもいかないらしい。呆れてビールの空缶を集めながら依田のほうを見ると、彼はテレビ台に置かれたDVDケースを手に取り眺めていた。

「あ。勝手にすみません。あの、このDVDってたしか手に入りにくいやつですよね？」

そう訊かれ彼の側に寄る。

「うん。映画詳しいの？」

「いえ、詳しいっていうほどではないんですが、若い時に、通い詰めていたレンタルビデオ店でＶＨＳを借りたことを思い出して。ディカプリオが出ているというだけで借りたんです。僕には衝撃的な内容でしたが……なんだか懐かしいな」

「もしよければ貸すけど」

「え、いいんですか？」

私が微笑むと、ありがとうございます、と彼は嬉しそうに会釈した。

ふと壁かけの時計を見ると今日が終わりかけていた。彼が携帯でタクシーを呼んでいる。もう少しいてくれてもいいのに。他愛ない会話に飢えている自分がいた。始発までＤＶＤでも観ていけば？　そう呟きそうになる唇の端を爪で軽く掻いた。いつかの悦子さんの気持ちが分かった気がした。一時期、宝源堂に行くたびに「夕飯を食べて、今夜はもう泊まっていけばいい」と私を引きとめてきた彼女が目蓋《まぶた》の裏に浮かぶ。

私は真剣な顔で携帯を操作する彼を見つめた。

そういえば、と思い出したように彼が指を止める。

「連絡先を聞いてもいいですか？　あ、ＤＶＤをお返しするのに」

私は少し驚いて頷き、自分のアドレスを表示させ携帯を依田のほうに向けた。

彼は、あ、と呟いたあと、「この写真、これは何ですか？　白と茶色の」と携帯を見ながら目を細めた。人にホームスクリーンを見られる度に同じことを訊かれる。

「お餅よ。ニッキ餅っていうの」

白い粉のまぶされた黄土色の餅。単体で見れば写真映えしない歪な丸い固まりだ。だが、私には女として愛されていた証そのもの。

「面白いですね。お餅をホームスクリーンにしている人に会ったのは初めてです。ニッキって、確か香辛料ですよね。シナモンでしたっけ？」

私は頷き、小さく微笑んだ。

「あの、タクシー、着いたみたいなので行きます。今日は急にすみませんでした」

「いえ。思いがけないお客さんで、楽しかった」

そう言い彼を玄関まで見送った。閉まるドアが緩やかに外気を運んでくる。ふいに鼻をかすめた嗅ぎ慣れない男の匂いに、何となく胸が詰まる心地がした。バタンとドアが閉まった途端、玄関まで弟の鼾が響いてきて、私は小さな溜息をついた。リビングへ戻り、だらしなく眠る腹の上にタオルケットをかけてやる。あんた幸せだね、と少しの嫌味を込めて呟く。いくら夫婦の間に不穏な空気が漂っていたとしても、やはり、ミサちゃんには知らせておくべきだと思い〈夜分にごめんなさい。裕也は酔っぱらって、うちで寝ています。今夜は泊めるから心配しないでね〉とメッセージを送っておいた。


裕也の家の最寄駅で電車を降りると、ロータリーに停まっている弟のＳＵＶが見えた。

映画館と水族館をはしごし、一日中楽しんだ和樹は電車が動き出すとすぐに眠ってしまった。私にもたれかかる押し潰れた頬と、ぷちゅんと半開きになった唇が愛らしかった。さすがに小学二年の男子を抱えて歩くことはできず、寝ぼけて足元をふらつかせる和樹を小脇に抱えるようにしてロータリーへと歩いた。おぼつかない足取りで歩を進める私に気がついた裕也が、すぐに車を降りてこちらに走って来た。路上駐車を気にするように助手席から顔を出したミサちゃんと目が合い、会釈し合う。

「今日は本当にありがとう。和樹、楽しかったか？」

「うん」

和樹が眠そうにあくびを堪《こら》えている。

「こちらこそ、楽しかった」

そう言って微笑むと、和樹は「またね、おばちゃん」と私に手を振り、母親の待つ車へとトタトタと駆けて行ってしまった。

「こっちも楽しかったよ。ちゃんとミサと話せた。海までドライブもした……手を繋いだりも」

「へえ、そうなの。良かったじゃない」

「うん。でさ、ドライブインでミサに言われたんだ。『裕君のそういうところが、離れがたくなる。なんか悔しい』って」

「なにそれ？　のろけ？」

「いやさ、ただ、ミサがトイレに行っている時に、ピスタチオクリームラテを注文しただけなんだけどな。そういうところが、って彼女が言うんだ。沢山あるメニューの中から、ミサはこれだ、って自然と分かるというか、そういうところが、って」

セックスとは別次元にある、十分すぎる二人の絆を目の当たりにした気がした。額に馴染んだはずの短い前髪が急に気になり、私は前髪の先を摘んだ。そう。なんだ、良かったじゃないの。口ではそう呟きながら、未だに私が知り得ない男女の絆を見せられた気がして、ゆっくりとロータリーに入って来たバスに視線を移した。人生を共にしながら培ってきた大切な人との絆。自分自身が戻れる場所。欲するよりも先に諦める癖がついてしまった私には到底辿り着けないだろう。二人の夫婦関係が修復することを祈りながら、心の片隅で、一瞬でも、私の孤独を裕也が分かってくれる瞬間を求めていたのかもしれない。小さな動揺を悟られぬよう意識して口角を上げ、裕也の肩を軽く叩いた。

「私にできることがあったら、またいつでも言って。とは言っても、和樹にシッターがいるのはあと数年だね。五年もしたら中学生か。早いね」

早いな、と改めて思う。年齢に比例して時の早さを感じるようになった。五年後の自分に想いを馳せる前に、五年前に心が戻ってゆく。今と何も変わっていない。

私は多くを望んではいけない。もし航大との幸せを強く望んだことで彼を失ったのなら、静かにただ淡々と生きていくしかない。それでいい。何年もそう自分に言い聞かせてきた。

助手席から手を振るミサちゃんが見える。ハザードランプの点滅した車まで裕也と歩いて行った。

「今日は本当にありがとうございました。和樹、ご迷惑かけませんでしたか?」

ミサちゃんは恐縮したように私を見た。

「すごくいい子だった。あ、そうだ。介護施設のリストありがとう。助かった」

「あ、いえ。お役に立てたなら、良かったです」

先日彼女がメールで送ってくれたリストには、悦子さんが自らパンフレットを取り寄せていた中の二つの施設名も書かれてあり、グレードや立地だけでなく、レクリエーションの豊富さや、看護師や介護士の離職率が少ない、など看護師目線からの薦める理由も事細かに書かれてあった。そのメールを自分のためにも保存した。悦子さんがそうであるように、私も将来、裕也や和樹が付き添ってくれるとは限らない。未来は誰も知り得ない。

家まで送ると弟から提案があったが、和樹も早く家に帰って眠りたいだろうと思い、買い物をしたいから電車で帰ると断った。ハザードが消え、右折ランプを点滅させながら動き出した車に手を振り見送った。ほんのりと温まった胸の片隅で、言いようのない寂しさが、静かに息を潜めていた。


等間隔で走る対向車線の車のライトが、夕暮れの車道に藍色の闇と光を交互に映し出している。人波の駅に戻る気になれずに、私は一駅歩くつもりで踵《きびす》を返した。

歩道をとぼとぼ歩く私を車が追い抜いていく。誰も彼も、私を追い抜いていく。そのあとは、一人残された私の体を、この夕闇が人知れずそっと飲み込んでいく。

ふいに呼吸が乱れ、我に返った。

昼に薬を飲むのを忘れていたことを思い出し、慌てて近くにあった自販機で水を買った。時々夏でもないのに汗をかく。血流が滞り気味だと言われ、婦人科で漢方薬を処方してもらい飲み始めた。こういう症状は、性的に成熟した女性だけがなるものだと思っていたが、ただの思い込みだったことを知る。時折、胸を締めつけてくる寂しさも虚しさも、きっとそのせいだと自分に言い聞かせ、ペットボトルのキャップを開けた。鼻を突く不快な香りごと、苦い生薬を一気に水で流し込んだ。その香りを鼻から追い出すように長い溜息をついた。その瞬間、鞄の中で携帯が震えた。

きっと裕也だ。家についたことをメールしてきたのだろう。そう思い、液晶をタップすると依田からだった。喉の奥にわずかに残っていた顆粒を唾で飲み込む。

〈先日はありがとうございました。もう、戻られていますか?〉

彼は今日私が甥と出かけることを知っている。だが、何の用だろうか。貸したDVDをもう見終えたのだろうか。

〈こんばんは。ついさっき、甥っ子を親元へ無事に帰しました〉

と返信した。すぐにメールの着信音が鳴る。

〈もし夕食がまだのようでしたら、ご一緒できないかな、と思いました〉

突然の誘いに、私は携帯の上で指を浮かせていた。彼の真意を探るように、慎重に思考を巡らせる。独り身同士の気楽な暇つぶしだろうか。けれど、友人の姉を暇つぶしの相手になどするだろうか。年甲斐もなく少女のように逡巡している自分がいる。一昨年まではなかった、うっすらと浮き出た手の甲の血管を消すようにこぶしを握った。微かに手の皮膚の張りが戻る。

〈ごめんなさい。甥とすませてしまいました。せっかくだけど〉

私はやんわりと断った。夕食は済ませたがお酒を飲むくらいは付き合える。そういう選択肢もあることは分かっていた。気軽に付き合える相手を求めている一方で、自分には無理だと踏み出す前に諦めるくせがすっかり身についていた。特に操をたてているわけではない私が、今もなお処女である引け目は、更年期や膣の劣化にまみれて年と共に緩みつつあるのに、どうしても自分を頑なに守ってしまう。誰かと心を通わせたあとで失うくらいなら、初めから求めないほうがましだ。結局いつもそこに行きつく。心が波立たぬほうを選び、時だけが流れていく。

〈そうでしたか。それなら、少し話せますか?〉

私は返信の代わりに電話をかけ、歩きはじめた。

「もしもし。何かあったの?」

「突然すみません……お借りしていたＤＶＤ観ました」

「そう。早いね。どうだった?」

「年をとって改めて観るとやはり印象は変わるもんですね。若い時は、主人公たちの掛け合いの過激さにショックをうけるばかりでしたが、あれは、自己愛が強すぎた男の、無垢で不器用なラブストーリーだったんですね。心身共に破滅しながらも過剰に互いに執着し合う感覚は、やはり、凡人の僕にはわかりませんでしたが……」

息継ぎをするように一瞬黙り、「残りの人生は、彼らのように、自分ももっと正直に生きてみたいと思えました」と彼が言い添えた。

そうできたら、どんなにいいだろう。航大のことは、長い年月をかけ受け入れてきた。それなのに私は未だに身動きが取れずにいる。正直に生きるって簡単じゃないよ。だが、それを彼に言って何になる？　歩きながら相槌を打っていたら微かに息切れがして、私はバス停の古い木製のベンチに腰掛けた。依田はまだ映画について話し続けている。暫くの間、そうしていてくれたら気が楽だった。淡々と感想を話す彼の声は、低すぎず穏やかで、耳に心地がよかった。こんな声を聞いたらよく眠れる気がした。

「包帯くんの声、睡眠導入にいいかもしれないね」

彼の映画の感想についてではなく、気がつけば私はそんなことを口走っていた。

「え？」

彼の放った疑問符を境に、静かな受話口の向こうの空気が微かにずれたように感じた。女としての誘いを含ませた冗談だと思わせただろうか。電話のひとつで、意識している中年女だと思われたくはない。ましてや私は彼の友人の年の離れた姉だ。私は、低音のいい声よね、と慌てて取り繕った。

思えば、もう十年以上、男性と二人きりでの会話はしていない。自分の年齢を忘れそうになる。私は話題を変え、和樹と水族館の深海魚コーナーに四十分もいたことや、ふれあいコーナーで触ったイソギンチャクの臭いが、何度手を洗っても取れなかったことを話した。彼は、受話口の向こうで相槌を打つように笑っていた。弟夫婦も今日は楽しめたらしいと私が軽く伝え

ると、少し遠慮がちに、

「あの、もしよろしければ、近いうちにＤＶＤのお礼に夕食でもどうですか？」

と彼が言った。

「お礼なんて、そんな大げさよ」

「美味い割烹があるんです」

先日、弟と家に来た時の会話が頭をかすめる。昔、弟の部屋で、少年の中の誰かが放ったデートという言葉だけが宙を漂っていた。もし彼が手軽なセックスの相手を求めているだけだとしたら？　思考を超えて彼に感じる安心感がただの勘違いだとしたら？　五十にもなって恥をかきたくはない。薄く小皺の浮いた目尻が生きた年月を刻んだ証でも、私の奥にある蕾は開かれることなく、産まれた時のまま変わらない。それを知ったなら、彼は私に幻滅するだろうか。逆にもし、彼が将来を見据えていたとしたら？　いや、だとしたら私よりもっと若い女性のほうが良いに決まっている。私は何を考えているのだろう。独りよがりだ。疲れる――こんな風に、不確定のことばかり悩んでは一人で勝手に疲弊する。すっかりそんなクセがついてしまっている自分に嫌気がさした。

「じゃあまた、裕也と一緒に」

何故、胸がチクリと痛いのだろう。

僅かな沈黙のあとで、彼が口を開いた。

「あの日だけだったんです……本当に、怪我をしていたのは。十七の時、腕に包帯を巻いて、僕が最初にお宅にお邪魔した日だけだったんです」

その言葉の意味が取れなかった。

「どういうこと?」

「初めて明日香さんに会った日の怪我は本物でした。でも、そのあとは全部、嘘です。ただ腕に包帯を巻きつけていただけでした」

私が黙っていると彼が続けた。

「初めてお邪魔した日、明日香さんは、僕のジュースにだけストローをさしてくれたんです。『これは、包帯くんのだからね』と言って。僕が飲みにくいだろう、と気遣ってくれたことを覚えています」

それに、と一呼吸おいて彼が続けた。

「この前、裕也が言ったことは、あれは本当です。あの頃を思い出して、からかったとかではなく……明日香さんが婚約したと裕也から聞かされた翌日、僕は学校を休みました」

「……」

「昔観た映画の感想は変わっても、明日香さんへの憧れは今もそのままでした。先日、家にお邪魔したとき、今の明日香さんをもっと知りたいと思ったんです」

遠い過去が引き連れてきた幻影だ。彼がそれに気がついていないだけ。それでも、受話口から流れてくる沈黙が、忘れかけていた胸の疼きを思い出させる。自分の中で冷たく固まっていた何かが微かに温もってゆくのを感じた。長い時間をかけて航大を悼んだ涙はすっかり涸れ果てていた。燻り始めた小さな種火を消せるほどの水分すら、私には残ってはいないはずが、身体の奥深いところで滴る湿気を感じた。その瞬間、太腿の間に、航大自身の硬さが蘇ってきて私は咄嗟に足を閉じた。やめてと祈るように、何度もそっと自分の内腿を擦り合わせた。擦れば擦るほど、体内の熱を宿した雫が腹の奥から沁み出てくる気がして泣きたくなった。閉経間近の処女が、濫《みだ》りがましい。そんな言葉で自分を制している自分が悲しかった。下腹部に手を置きぐっと力を込めた。次第に、幻のような熱は薄まっていき、リネンのワイドパンツ越しに古い木製の椅子のささくれを感じ、私は深く息を吐いた。

「明日香さん？」

受話口から名前を呼ばれても、返事ができない。

もし仮に、と思う。依田への想いが芽生えたとしても、いつか彼は私から離れてゆくだろう。過去の私への恋心が、今の彼に幻影を見せているのだとしたら、現実を見た途端淡い想いは消えてゆくだろう。

「ＤＶＤは、またこの辺りに裕也と飲みに来た時に、ポストにでも」

言いながら、膝に触れる生地を軽く引っ張っていた。

「……そうですか」

一呼吸置き、依田が諦めたように口を開いた。

「わかりました。眠れない時は言ってください、僕の声でよければ、適当に一人で話しますから」

冗談めかすように彼が笑った。

「ありがとう」

人知れず疼く熱を燻らせたまま、私はほっとしていた。今後きっと、彼の言葉を時々かき集めては密かに胸を熱くすることがあるだろう。それくらいでいい。時代遅れのニッキ餅のように、そっと息をひそめながら生きていければ。


ミサちゃんが紹介してくれた介護施設の情報を電話で話したあと、悦子さんは、早速見学の予約を取りつけたことをすぐに折り返してきた。「くれぐれも、義妹《いもうと》さんにお礼を伝えておいて」と受話口の向こうで恐縮する彼女に、私も付き添うと言うと、「一人で行ける」と言い張った。強がるように突っぱねても、一人きりで施設見学に行くなど心細いにきまっている。軽い押し問答のすえ、やはり心配だし、紹介してもらった手前、私には付き添う責任があると伝えると悦子さんは納得したようだった。

今日がその約束の日だ。いつものように勝手口のドアを開け、調理場に入るが悦子さんの姿はなかった。もう一度声をかける。「座敷だよ」と奥から声がしたので、上がり框から座敷にあがると、部屋の端に置かれた和箪笥の前で悦子さんが正座をしていた。片っ端から物を引き出したかのように畳の上に物が散乱している。段ボールが壁に立てかけられているのが目に留まった。

「何してるの？　ここを出る準備なら、まだ早すぎるでしょう。今日は見学に行くだけなんだから」

私は彼女の横に屈み、床に散らばった細々したものを拾い上げ、空の小箱に入れていった。

「ここにある全部は、持っていかれんでしょ。早めに片付けてしまわんと」

そう呟く悦子さんを見つめながら、少しも迷いはないのだろうかと思う。彼女の頑固さは折に触れ知ってはいたが、その潔さがかえって私の胸を締めつける。少しくらい私に頼ってくれてもいいではないか。この二十三年の間、私と悦子さんにしか感じられない時の流れの中にいたではないか。

「この家のことは床下の塵《ちり》まで全部、私がなんとかしないといけないんだよ。動くなら早いに越したことはないんだ」

彼女から発せられる一言一言に、いつも過去からの〝縛り〟のようなものを感じる。一度くらい私の想いを吐露しても罰はあたらないはずだ。

「私の気持ちは？　こんなふうに勝手に先手先手に進めるなんて、寂しすぎる」

「ここを残して……あんたはどうなる」

力尽きたように悦子さんが呟いた。

「どういう意味？」

「遅すぎた。あんたの心を解くのが遅すぎた」

本当に申し訳ない――本当にあんたには申し訳なかった。蚊の鳴くような声で繰り返す。その言葉の意味も分からず、けれど、咄嗟に涙が溢れてきた。この二十三年、悦子さんと共に航大を悼み、そして、互いを癒してきた。寂しさを寄せ合い、互いの心を、まるで柔らかな餡を求肥で包むようにそっと守り合っていた。そうしていれば、もうこれ以上傷つくことはない。そう信じていた。ニッキ餅のように、時と共に硬くなるとは知りもせずに。

今はただ鼓膜の内側で、悦子さんの言葉を受け止めるほか為す術がなかった。

悦子さんが長押に並んだ遺影を見上げる。「あんたが手伝うと言ってくれるたびに心が動いた。でも、それじゃあまりにも身勝手すぎる。そう考えながらも、本当は全部自分のためだったのかもしれないね」と彼女が呟いた。

「近づき過ぎたらいけない。頭では分かっていながら、あんたが、私から離れてしまうのは怖かった。息子が愛したあんたを、少しでも自分の側においておきたかったんだ。あんたの悲しみと自分の寂しさを一緒くたにしてた……さもしいね」

彼女は静かな声でそう言い、私から目を逸らした。

「……さもしいなんて、言わないで」

長い間、互いの心を労《いたわ》り合ってきた。けれど今、変わりはじめた流れの中に自分だけが取り残されてゆく。この店を潰すことも、施設に入ることも、彼女が自ら決めたことだった。そんな彼女を側で眺めながら、私はひとり途方に暮れるしかないのだろうか。

「悦子さん、そろそろ行こうか……予約時間に間に合わなくなる」

優しくそう言い、彼女の背中をさすった。

介護施設へとタクシーで向かった。

移動中は何を話せばいいか分からずに、悦子さんも私も黙っていた。車の中に、微かにニッキの香りが漂っている。宝源堂がなくなれば、彼女の髪や体に染みついたこの香りもいつかは薄まってゆくのだろう。

施設に着き、受付を済ませてすぐに、若いスタッフが診察室、食堂、レクリエーションルームやお風呂を順々に案内してくれた。ここは自立型と介護型がフロアで分かれている老人ホームだ。窓辺のテーブルで男性の入居者が碁を打ち、談笑している。風にそよぐ葉群れが陽光を散らすのが見えた。悦子さんの終わりと、新たな始まり——誰と交わしたわけでもない最後の約束を果たすように、私は今ここにいる。木立の隙間から覗く小さな空が点々と鮮やかに青く、私は室内へと視線を戻した。

廊下の壁に飾られた、一年かけて入居者の皆で仕上げたという大きな花の模様の千切り絵を眺めながら、なんのコミュニティにも入ってこなかった自分に、小さな溜息がこぼれる。ここでは日々の生活の中で、少しでも感動を見つけられるようにスタッフが工夫をしているらしい。先日は、ベリーダンスの講師を招いて、女性入居者だけ綺麗にメイクをし、エキゾチックな音楽に合わせて体を揺らしながら踊ったと聞いた。それが好評で週一でやりたいとリクエストもきたそうだ。悦子さんはスタッフの説明に真剣に耳を傾けながら、ゆっくりと相槌を打っていた。今なら一部屋だけ空いているとスタッフが話していたので、その部屋を案内してもらったあと、私達は食堂へと移動した。食堂からは中庭が見えた。白い花をつけた樹木が風に揺れている。細く開いた窓から、風に溶けた香りが流れてきた。テーブルに掛けられた薄ピンクのビニールクロスが柔らかな空間を作っていた。

「あんた新人さん？」

入口に一番近い椅子に腰掛けている女性が悦子さんに声をかけた。一緒にテーブルを囲んでいる他の三人の老女達の視線もこちらに注がれている。

「はーい。見学させていただきますね。こちら、宝源悦子さんです。もし入居されることになったら、皆さん仲良くしてくださいね。で、こちらは、光子《みつこ》さん、奈美江《なみえ》さん、静江《しずえ》さんです。よろしくお願いします」

若いスタッフが明るくテキパキと紹介してゆく。私は彼女達に軽く会釈した。

「なんか、香るねぇ。懐かしい甘い匂いがするわ」

誰かがそう言うと、

「もしかしたら、ニッキの匂いじゃないですか？　うちは和菓子屋なもので」

と悦子さんが自然と輪の中に入ってゆく。長年商売をしていただけあり、本来は社交的な性格なのだ。この状況が母のことならば、馴染めそうだと素直に喜べただろう。けれど、僅かな淋しさが込み上げてくる。何が違うのか、自分でも分からなかった。

「たしかにねぇ、ニッキだ。いい匂いだね」

「この辺でニッキって言えば、宝源堂よね？　あなた宝源堂のおかみさん？」

そう言われ、嬉しそうに悦子さんが頷いている。

「子供の頃、よく母に連れてってもらったんだよ……懐かしいねえ。私が子供の時は高級品だったんだ。もったいなくて食べずにいたら、お餅が固くなって泣いたことがあったなぁ。なんだか、思い出して涙が出そうだよ」

　入口近くの席に座る女性が目を細めている。

「で、あんたが次のおかみさんかい？」

　私のほうを見て問われ、答えに困っていると、

「宝源堂は、私の代でもう閉めるんですよ。評判のいい施設はすぐにうまるから、早くに見ておかないとと思って。それで、この人は……」

　一旦言葉を止め、「年の離れた、古い友人なんですよ。わざわざ付き添ってくれて。本当にありがたいのよ」と軽く会釈をして私を見た。悦子さんに微笑み会釈を返した時、ふいに耳元で「ありがとう」と航大の懐かしい声が聞こえた気がした。友人という言葉で表すよりもきっと深い絆。それは、そっと私と彼女の心の中にだけ在るもの。誰に知られなくても。

　私は悦子さんと看護師に断りを入れ、トイレに行くふりで食堂から出た。胸の奥からじんわりと広がってゆく静穏を、束の間だけ一人になり感じたかった。廊下まで響く彼女達の笑い声が、開け放たれた窓へと吸い込まれてゆく。窓の外には白い花をつけた木々が、風の随《まにま》に揺れているのが見えた。私は中庭へと続く階段を降りた。ひらけた芝生の上に立ち深呼吸をする。微かに鼻を突く匂いがした。あの樹木の白い花の香りだろうか。そう思いながら鼻先を擦っていると、

「ニッキやわな」

つと後ろから声が聞こえた。そちらに首を向けたと同時に、車椅子が私の横でぴたりと止まった。白髪の老婆が私を見上げる。

「懐かしいなぁ。ニッキの匂いやわ」

上目遣いで彼女が呟いた。近くに付き添いのスタッフがいないことが気になりながらも「私、ですか?」と応えた。

「そや。懐かしいわぁ。ニッキのお菓子とおんなじや」

彼女は車椅子に座ったまま、私の腰のあたりに鼻を近づけてくる。自分からも香るのだろうか。でも、宝源堂に通った月日を思えば、あり得るのかもしれない。「ああ。ずっと嗅いどきたいわぁ。いい匂い」と彼女が私のスカートを摑んで離さない。「あんた何号室? 入居するにはまだ早いんちゃうん? 歳はいくつ」そう言って再び私を見上げた。

「五十になります。見学の付き添いで来たんですけど、こんなにいい施設なら、私も事前に予約しておこうかな。どうせ独り身なので」

冗談交じりにそう言うと、

「なんや五十かいな。まだヒヨコやん」

関西弁の老女にふんっと鼻で笑われて、私は思わず目を見開いた。

「私はねぇ、五十代が一番モテたわー。ほんまやで。女ざかりやんか。ええなあ。五十て、あんた、ウチの年になるまでにまだ三十年もあるやないかい。あ、ついでにニッキは媚薬にもなるで。ほんでから、アソコの保湿はしときやー」

何を熱弁し始めたかと思えば……聞いてるこちらが恥ずかしくなる。彼女の言葉に私が面食らっていると、「こらっ。キヌ子さん！　また勝手に中庭に出て。ダメでしょ」と中年の看護師がこちらに駆けて来る。

「なんや。ちょっとお星さん見に出ただけやんか。ほんまうるさいわぁ」

「今はお昼間でしょ。夜になったらね」

看護師が申し訳なさそうに私に会釈をしながら、老婆に言った。

「アホやなぁ。昼でもあるっちゅーねん。お空の彼方でいっつも光ってんねん。頑張って身を燃やしてな、真っ赤に真っ赤に光ってんねんで」

またその話ですか、と言わんばかりに苦笑し看護師が車椅子を押し始めた。遠ざかってゆく老女の声が耳の奥にこだまする。「あんたの人生は、まだまだ続くんやから」と背中を押された気がした。


悦子さんの所に戻る階段の途中で、ふいに携帯が鳴った。

〈ＤＶＤは今、明日香さんのマンションのポストにお返ししたところです。ありがとうございました〉

胸がきゅっと縮む。レンタルビデオ店の返却ボックスに、古いＶＨＳを差し入れる高校生の姿がふと浮かんだ。次第にその顔が成熟した大人の男性に変わってゆく。

時に理由というものは後からついてくることがある。私のことを縛ってきたのが私自身なのだとしたら、過去に取り残された私自身をこの手で解き放てるだろうか――今この瞬間を、無理やりにでも人生の折り返し地点だと決めてしまえば、そうしてしまえば、この先の未来でまだ知らぬ私と出会えるだろうか。心がまだ追いつけなくても、微かに燻る熱があれば、きっと何かは変わってゆく。それを私自身が望むならば。

依田はまだ私の家の近くにいるだろうか。

携帯の通話ボタンに震える指が触れ、コールが鳴る。

「……もしもし?」

受話口で彼の声がした。

「今から、会える?」

この身から、ほのかなニッキが薫り立った。

初出
「赤い星々は沈まない」（『小説新潮』二〇一九年五月号）
第一八回「女による女のためのＲ－18文学賞」大賞受賞作
ほかは書き下ろしです。
なお、単行本化にあたり、加筆・修正を施しています。

月吹文香（つぶき・ふみか）

1978年生まれ、東京都出身、大阪府在住。

2019年、第18回「女による女のためのＲ－18文学賞」大賞を受賞（月吹友香名義）。

赤《あか》い星々《ほしぼし》は沈《しず》まない

著者／月《つ》吹《ぶき》文《ふみ》香《か》

発行／2024年4月15日

発行者／佐藤隆信
発行所／株式会社新潮社
〒162-8711 東京都新宿区矢来町71
電話・編集部 03(3266)5411・読者係 03(3266)5111
https://www.shinchosha.co.jp

装幀／新潮社装幀室
印刷所／錦明印刷株式会社
製本所／大口製本印刷株式会社

ISBN 978-4-10-359611-0 C0093